LOS MIL MEJORES EPIGRAMAS
DE LA
LITERATURA ESPAÑOLA

Recopilación y prólogo de
JUAN BAUTISTA BERGUA

Colección La Crítica Literaria
www.LaCriticaLiteraria.com

ÍNDICE

PRÓLOGO

Brevedad, rapidez, agudeza, gracia: he aquí los caracteres esenciales de esta forma de poesía que; para ser tildada de buena, ha de reunir en una las tres cualidades de corta, leve y chispeante. Pocos versos, rima perfecta, leve motivo, aguda intención, gracia en la forma e ingenio en el fondo: esto es el epigrama. Nuestros mejores poetas satíricos, maestros en él, los han compuesto de dos, tres, cuatro, cinco y ocho sílabas. Otras veces, con combinaciones de estrofas en quintillas, octavas o décimas, nos han dejado composiciones verdaderamente epigramáticas por lo ingeniosas, mordaces y festivas. Iglesias sintetizó maravillosamente los caracteres que acabamos de señalar, en la siguiente redondilla:

> A la abeja semejante,
> para que cause placer
> el epigrama ha de ser
> pequeño, dulce y punzante.

En pocos más versos, y no menos bellamente; lo definió Martínez de la Rosa, en su Poética, de este modo:

> Mas al festivo ingenio deba sólo
> el sutil epigrama su agudeza:
> un leve pensamiento,
> una voz, un equívoco, le basta
> para lucir su gracia y su viveza;
> y, cual rápida abeja, vuela, hiere,
> clava el fino aguijón, y al punto muere.

Tan graciosa forma poética ha sido cultivada con predilección por muchos de nuestros grandes poetas: Hurtado de Mendoza, Castillejo, Baltasar de Alcázar, Bartolomé Leonardo de Argensola, Lope de Vega, Góngora, Quevedo e Iriarte, por no citar sino los principales, dan fe de ello durante los siglos XVI y XVII. Modernamente, Martínez Villergas, Selgas, Campoamor, Frontaura, Manuel del Palacio, Eusebio Blasco, Granés, Vital Aza, Lustonó, Felipe Pérez y González, y muchos más, lucieron, mediante agudos y vivísimos epigramas, la mucha sal y viveza de su ingenio.

Muchos vates extranjeros también cultivaron este ameno género de poesía, con predilección y éxito en todos los tiempos: Marot, J. B. Rousseau y Piron, en Francia; Barchiello y Bembo, en Italia; Ben Jonson, Swift, Young y Pope, en Inglaterra, y Logau, Klopstock, Lessing y Herder, en Alemania, fueron maestros del epigrama en sus respectivos idiomas.

Pero el mejor, sin disputa, de todos los poetas epigramáticos, el astro sin igual a quien todos copiaron, o cuando menos admiraron y envidiaron, fue nuestro compatriota Marcial, portento de gracia e ironía, espejo y flagelo de la sociedad y costumbres de su tiempo, bien que su musa dejase muchas veces de ser dulce y punzante para tornarse en verdadera garra que puso al descubierto a los hombres, vicios y debilidades de su época.

Los epigramas del gran bilbilitano serán publicados íntegros y esmeradísima y fielmente traducidos en nuestra Biblioteca de Bolsillo. Por hoy nos limitamos a recoger en este volumen una parte de lo mucho bueno que en castellano idioma produjo la musa más o menos dulce, pero siempre punzante, viva y suelta, de nuestros poetas epigramáticos.

JUAN B. BERGUA

LOS MIL MEJORES EPIGRAMAS
DE LA
LITERATURA ESPAÑOLA

EL EPIGRAMA

¡Casarse ayer y hoy morirse!...
Lo hizo por no arrepentirse.

* * *

Solamente un *dar me* agrada,
que es el *dar* en no dar nada.

F. DE QUEVEDO

De amar no me he arrepentido.
—Pues no sería marido.

Aquí pintan una arpía.
—Alguna suegra sería.

El retrato de tu suegra.
—No he visto cosa más negra.

Q.

Aquí reposa un francés...
Al fin, parado le ves.

Cuñadas... ¡en paz y juntas!...
No hay duda que están difuntas.

Aquí se enterró un suizo...
Por el dinero lo hizo.

Don Juan de Az...pei...ti...gu...rrea...
Para el diablo que te lea.

Ya que no pide doblones,
pide esta vieja oraciones.

Aquí un hablador se halla...
Y por vez primera calla.

Un delator aquí yace...
—Chito, que el muerto se hace.

Yace aquí Blas, y se alegra
por no vivir con su suegra.

Aquí yacen dos maestrantes...
Ocupados, como antes.

Aquí yace un andaluz...
Por eso han puesto esta cruz.

MARTÍNEZ DE LA ROSA

Rica es, pero vieja, Estrella;
a ser más, me uniera a ella.

¿Para qué trabajo y sudo,
si nazco y muero desnudo?

¿Cómo, diablos, Luis sanó?
¿Cómo? Al médico dejó.

Caro su amor vende Inés;
lo comprará así después.

El pícaro y ella infiel:
¿Quién pierde? Ni ella, ni él.

Los que casan mal lo pasan,
dicen todos... Y se casan.

Quien presta a Buenaventura,
la deuda tiene segura.

Quien una y otra vez casa,
dos veces los mares pasa.

Pregunto: "¿Quién es peor,
el médico, o el dolor?"

R. J. DE CRESPO

Aquí yace don Carmelo;
fué editor; no ganó el cielo.

La Prensa es libre; el escritor esclavo.
Cójame usted esa mosca por el rabo.

El lazo conyugal es ley muy dura ;
para tener mujer, me sobra el cura.

Si el progreso progresa y se equilibra,
el hombre es libre y la mujer es libra.

El amor a la patria es un incesto;
otra cosa es amar el presupuesto.

DEL P. COBOS

Este, comerció en intrigas...
Periodista fue; no sigas.

* * *

Este, envidia cuanto ve,
y tiene mucho porqué.

A. DE SOLÍS

¡Pretendiente... y fallecer!
Se cansó de pretender.

¡Mujer... y morir de amor!...
No oí mentira mayor.

¡Confitero... y un millón!...
Le enriqueció el almidón.

J. PRIEGO

—¿Cuántos hijos tiene Andrés?
—Su esposa ha parido tres.

C. NAVARRO

Nunca son los malvados más bribones
que afectando virtud en sus acciones.

M. A. PRÍNCIPE

Aquí enterraron de balde
por no hallarle una peseta...
—No sigas, era poeta.

Aquí yace un juez de vagos,
que en Madrid ocioso anduvo...
—¿Y en qué diablos se entretuvo?,

Aquí yace un contador
que jamás erró una cuenta...
a no ser a su favor.

"Aquí yace una doncella..."
Y han borrado "de labor..."
Siempre es bueno hacer favor.

¡Canónigo... de repente...
y morir en Nochebuena!..
Se le indigestó la cena.

Échele una limosna, hermano;
y que no suene el dinero,
no reviva este usurero.

Aquí yace un cortesano
que se quebró la cintura
un día de besa mano.

Aquí un médico reposa,
y al lado han puesto a la muerte...
Iban siempre de esta suerte.

Una palma han colocado
en la tumba de Lucía...
—Es que dátiles vendía.

¿Ya hay pleito sobre el sepulcro
y aún no está el hombre enterrado?
Este sí que era letrado.

Aquí yace un alquimista
que en oro trocaba el cobre...
Y murió de puro pobre.

El general que aquí yace,
hizo lo mismo que el Cid...
Entraba muerto en la lid.

Aquí Susana reposa...
Por supuesto, no la "casta"...
—Con que usted lo diga, basta.

Aquí yace una beata
que no habló mal de ninguna...
Perdió la lengua en la cuna.

MARTÍNEZ DE LA ROSA

Galanes y más galanes
mudo con mucha presteza...
Mas hágalo por limpieza.

Aunque veis que en componerme
gasto mi tiempo y mi resto,
más simple soy, que compuesto.

A. DE SOLÍS

Este comió "con los propios"
siendo alcalde en años buenos.
—Más bien fue con, "los ajenos".

Ayer "pasó a mejor vida"
este que fue mercader...
—Aún está eso por saber.

Andaluz, y en desafío,
caberle morir en suerte...
—El susto le dio la muerte.

Aquí yace un usurero
que murió a primeros de año...
—Hasta en eso fue tacaño.

J. PRIEGO

Se quejan mis clientes
de que pierden sus pleitos; pero en vano.
¿A mí qué se me da, si siempre gano?

G. M. DE JOVELLANOS

—¿Y el escribano?—Aquí estoy.
—¡Falsario! ¡La fe te falta!
—Pues es claro: ¡si la doy!

C. NAVARRO

—¿Entiendes, Fabio, lo que voy diciendo?
—Y ¡vaya, si lo entiendo!—¡Mientes, Fabio,
que soy yo quien lo digo y no lo entiendo!

***

Un consonante a animal
buscaba Juan Bernabé,
cuando acertó a entrar Pascual
y exclamó:—Ya lo encontré.

F. REYMUNDO

A su amigote Simón
Le pregunta Guillén:
—¿Qué tal tu esposa?—Muy bien;
siempre a tu disposición.

RAMÓN TABOADA

¿Te mata un médico, amigo?
No lo extraño por mi fe;
pues siempre el médico fue
nuestro "mortal" enemigo.

T. GUERRERO

Salió a tomar el sereno
cierta noche una morena,
y como era ya muy tarde,
la tomó el "sereno" a ella.

Vuestro "don", señor hidalgo,
es el "don" del "algodón",
que, para tener el "don",
necesita tener "algo".

***

A Ramón pregunté ayer:
—¿Tienes hijos?—Y él me dijo:
—Pregúntalo a mi mujer,
que lo sabe más de fijo.

A. RIBOT

Un hombre yo he conocido
que con vista, nada ve.
—¿Es verdad?—Sí.—Pues ya sé,
el tal hombre es un marido.

Q.

Figura de Y griega dan
a las letrinas hoy día...
¡En auge, por vida mía,
las letras griegas están!

J. DE IRIARTE

—¿Dónde tan de prisa vas?
—A casarme, Celestino.
¿Quieres ser tú mi padrino?
—Yo no soy verdugo, Blas.

***

—¿Por qué amor es ciego, madre,
y nos lo pintan vendado?
—Ve y pregúntalo a tu padre,
que está mejor enterado.

Q.

Aunque al espejo se miran
las mujeres con frecuencia,
en el vidrio nunca ven
que es de vidrio su belleza.

Los enemigos del alma
son tres: Mundo, Carne y Diablo;
los del cuerpo son: Doctor,
Cirujano y Boticario.

J. DE IRIARTE

La calavera de un burro
miraba el doctor Pandolfo,
y enternecido exclamaba:
"! Válgame Dios, lo que somos."

N. MORATÍN

—Cayó a silbidos mi Filomena.
—Solemne tunda llevaste ayer.
—Cuando se imprima verán que es buena.
—¿Y qué cristiano la ha de leer?

L. F. MORATÍN

Un profesor distinguido
le preguntó a un escolar:
—Diga: ¿Qué tiempo es "amar"?
—Amar es tiempo perdido.

***

Por mucho tiempo que pierdan
los señores día y noche,
sólo cuando van en coche,
de aprovecharle se acuerdan.

J. DE IRIARTE

Hablando de la estatura
que podía tener Andrés,
dijo Juan con travesura:
—Vendrá a tener cuatro pies.

SIETE

A un marido sin decoro
le dijo cierta señora:
—Si usted ha estado en Zamora,
habrá pasado por Toro.

***

Nada en el mundo hay firme,
es bola y rueda.
¿Qué admiramos que nada
vaya a derechas?

F. DE LA TORRE

—Vayan—dijo Poncio—al mar,
los cornudos sin más ver.
Y respondió su mujer:
—Marido, ¿sabes nadar?

J. OVEN

La mujer, aunque mal fuerte,
en dos días da contento:
uno, en el del casamiento,
y el otro, en el de su muerte.

R. J. DE CRESPO

Es Amor un sustantivo
en cuya declinación
sólo hay dos casos, que son:
el Genitivo y Dativo.

Doble afán suele el sosiego
a las Vestales quitar:
De Vesta avivar el fuego,
y el de Venus apagar.

J. DE IRIARTE

Aquí yacen de Carlos los despojos;
la parte principal se volvió al cielo,
con ella fue el valor; le quedó al suelo,
miedo en el corazón, llanto en los ojos.

FRAY LUIS DE LEÓN

Amigos de hoy, a mi cuenta,
como los melones son:
Para hallar un buen melón,
es fuerza probar cincuenta.

R. J. DE CRESPO

Mujer hermosa no espero
encontrar sin tacha humana,
Eva tuvo su "manzana";
las demás, tienen su "pero".

J. DE IRIARTE

La generación actual
no se escapa del dilema
de ser con vergüenza pobre,
o ser rica sin vergüenza.

***

Hombre lindo y hombre grande
quieres parecer a un tiempo,
amigo Cota, y no adviertes
que el hombre lindo es pequeño.

J. DE IRIARTE

Me han dicho que es don Eugenio,
ingeniero, y es posible;
lo que es del todo increíble
que sea hombre de ingenio.

J. RICO

Aquí yace un millonario,
el que, sin ser molinero,
hizo del agua dinero.
—Este fue algún boticario.

***

Rica y muda es la doncella;
mil andan alrededor;
dos dotes a cual mejor
lleva quien case con ella.

J. DE IRIARTE

Dolores, beldad famosa,
fue con quien Gil se casó,
y el pobre siempre vivió
con el nombre de su esposa.

J. RICO

Lloraste al nacer; salir
a luz no fue tu querer.
Si te ofendía el nacer,
¿por qué te pesa, el morir?

F. DE LA TORRE

Mejorada en tercio y quinto
dejó a su hija Modesto;
pero más hizo Jacinto,
que la mejoró en el sexto.

V. MARTÍNEZ

Sol de la hispana escena sin segundo,
aquí don Pedro Calderón reposa:
Paz y descanso ofrécele esta losa,
corona el cielo, admiración el mundo.

MARTÍNEZ DE LA ROSA

Al dar un ministro audiencia
dice a todo pretendiente:
—Ya le tengo a usted presente.
Y no miente su excelencia.

***

—Mi esposar—dijo un marido—
tiene muy hermosa cara;
pero gasta sin sentido,
y es una cara muy cara.

J. RICO

De conocerse a ignorarse
en el hombre hay mucho espacio;
si está fuera de sí, es loco;
si está dentro de sí, es sabio.

F. DE LA TORRE

Aquí yace aquel por quien
tantos yacen. Déle Dios
el mismo eterno descanso
que él con su arte a tantos dio.

J. DE IRIARTE

Cierto sujeto me dijo:
—Tenéis una voz muy clara.
Le pedí después un duro
y no me entendió palabra.

V. MARTÍNEZ

Sólo bienaventurada
logran fortuna a mi modo,
o los que lo saben todo,
o los que no saben nada.

F. DE LA TORRE

De estar el arte perdido
se lamentaba un torero,
diciendo:—¡Es mucha la gente
que vive hoy de los cuernos!

MARIO

Jura Blas por San Miguel
no llevar coche jamás;
pero es porque quiere Blas
que el coche le lleve a él.

J. M. VILLERGAS

Con pluma de cisne escribes
tus malos versos, ¡oh, Fabio!...
Escribe con lo que quieras,
que siempre serás un ganso.

J. DE IRIARTE

Estos ejemplos toma:
Para ofender a nadie, ser paloma
Y con modo prudente,
porque nadie te ofenda, ser serpiente.

F. DE LA TORRE

Voy a hablarte ingenuamente:
Tu soneto, don Gonzalo,
si es el primero, es muy malo;
si es el último, excelente.

M. BRETÓN DE LOS HERREROS

Hoy tus ojos no están buenos,
y hay quien dice que lo siente;
yo no: porque finalmente,
son dos enemigos menos.

J. DE IRIARTE

Aquí yace un tabernero,
y fue cristiano tan fino,
que por ser en todo austero,
hasta bautizaba el vino.

Ven, muerte, tan escondida,
que no te sienta venir;
porque el placer de morir
no me vuelve a dar la vida.

***

¿Conque a indagar has venido
si fue mi médico Eloy?
¡Tonto! Si lo hubiera sido,
ya no viviría yo hoy.

R. J. DE CRESPO

Diaulo es hoy enterrador,
Diaulo que doctor fue ayer;
lo que hoy le vemos hacer,
hizo antes, siendo doctor.

J. DE IRIARTE

Quiero a Sexto confesar
que de ninguno es deudor;
pues sólo debe, en rigor,
aquel que puede pagar.

M. SALINAS

Me haces muchas preguntas,
poco te respondo a todas,
y no es porque son tantas,
sino es porque son tontas.

F. DE LA TORRE

Donde Tomás brilla más,
es en los versos, Calixto,
y lo peor que yo he visto
son los versos de Tomás.

J. M. VILLEGAS

Jura Blas por San Antonio
que no se quiere casar;
pero es porque el muy tunante
se encuentra casado ya.

F. C.

Dice Pedro que no es falta
tener una gran joroba,
y yo le respondo a eso,
que en lugar de falta, es sobra.

PASTORFIDO

En tanto que el amor dura,
toda locura es fineza;
después que el olvido empieza,
toda fineza es locura.

***

Los golpes que el boticario
da en su almirez o mortero,
los dobles primeros son
que anuncian cualquier entierro.

J. DE IRIARTE

El que una vez fue casado
y otra se vuelve a casar,
es que vuelve a navegar
después de haber naufragado.

***

Más gana, si no me engaño,
que el labrador un barbero,
que éste siega el año entero,
y aquél una vez al año.

***

¡Pobre Geroncio! A mi ver,
tu locura es singular:
¿Quién te mete a censurar
lo que no sabes leer?

L. F. MORATÍN

El galán que me quisiere
siempre me regalará,
porque de él se me dará
lo mismo que se me diere.

J. HOROZCO

¡Qué galán que entró Vergel
con cintillo de diamantes!
Diamantes que fueron antes
de amantes de su mujer.

VILLAMEDIANA

Por ser la cabeza Adán,
el fruto indigesto de Eva
le causó al género humano
tanto dolor de cabeza.

F. DE LA TORRE

Dios de los libros te libre;
deja libros, busca hacienda:
no tengas cuenta" de libros,
sino ten libros de cuenta.

F. DE LA TORRE

Esta es bella, sí, por cierto;
mas debe, nadie se espante,
los dientes a un elefante
y los cabellos a un muerto.

A. DE SOLÍS

Jura Antonio por su vida
que nunca cenó en su casa,
y es que sin cenar se pasa
cuando nadie le convida.

VILLAMEDIANA

En política buscan
el justo medio:
Yo lo busco en las niñas.
¿Quién es más cuerdo?

***

Que no hay vacío, don Lindo
sostenía y disputaba;
sin duda que de sus cascos
entonces no se acordaba.

***

Que no te quiero, lo sé;
pero si la causa inquiero,
no sabré decir por qué,
pero sé que no te quiero.

***

—Falso es el duro, bribón,
vuelve con él a tu madre.
—¿Cómo falso, don Antón?,
¡si lo hizo anoche mi padre!

***

—¿Cómo es que se atreve usted
a aplaudir tal porquería?
—Si yo no aplaudo la función...
—Pues, ¿a quién?—A los que silban.

A. GRIFELL.

De dos clases conocí
hombres que repugno bellos;
los que siempre hablan de mí,
y los que siempre hablan de ellos.

***

Doña Catalina Opas
preguntó al niño Jesualdo:
—Di, qué quieres: ¿pan o caldo?
Y respondió el niño:—Sopas.

***

"Aquí jaz o muy illustre
Senhor Joáo Mozinnho Souza
Carvalho Silva da Andrada..."
Sobra nombre o falta losa.

MARTÍNEZ DE LA ROSA

Un borracho oyó las dos,
y dijo con mucha sal:
—¡Hombre! ¿Dos veces la una?
Este reloj anda mal.

***

Aunque pobre y en pelota,
mal de ricos me importuna,
porque al mar de mi fortuna
no le faltase una "gota".

J. RICO

Siete sabios, y no más,
contó la Grecia algún día;
resta, lector, y verás
cuántos necios contaría.

***

Del espíritu es la carne
enemiga, y tan tirana
que, por dar el ser a un cuerpo,
quita la vida a dos almas.

F. DE LA TORRE

¡En sepulcro de escribano
una estatua de la Fe!...
No la pusieron en vano;
que afirma lo que no ve.

MARTÍNEZ DE LA ROSA

Aunque tenga la noche
más ojos que Argos,
más ve el día con uno
que ella con tantos.

F. DE LA TORRE

Siguióme Filis, huí;
seguí yo a Filis, huyó ;
¡oh, si mi no fuera sí!
¡Oh, si mi sí fuera no!

P. QUIRÓS

Hay yerros de grande fama
que tal vez comete el cuerdo;
pero el necio siempre tiene
la fama de grandes yerros.

F. DE LA TORRE

Aquí yace don Matías,
acusado de tacaño,
que daba gratis al año
pésames, Pascuas y días.

MARTÍNEZ DE LA ROSA

Cuando el Marqués de Malpica,
Caballero de la Llave,
con su silencio replica,
dice todo cuanto sabe.

VILLAMEDIANA

Vuestra dentadura poca
dice vuestra mucha edad,
y es la primera verdad
que se ha visto en vuestra boca.

M. SALINAS

A un soldado en amor ducho
dijo Pepa:—No te asombres;
a mí me cargan los hombres.
Y es verdad: la cargan mucho.

V. MARTÍNEZ

Curandero era Gaspar,
y es en el día torero.
¿Qué hacía de curandero?
Lo que ahora hace: matar.

***

No os fiéis en prometido,
pues que pecáis de contado;
que quien no paga tentado,
mal pagará arrepentido.

J. RUFO

Según el pueblo relata,
vena de poeta tienes;
yo te diera parabienes
si la tuvieras de plata.

J. DE IRIARTE

¿Cuidado te aflige honrado
de pagar? Ni aún por asomo;
que sólo el discurrir cómo
no pagar, es tu cuidado.

F. DE LA TORRE

Aquí yace un matrimonio,
dos cuñados, suegra y yerno...
No falta sino el demonio
para estar junto al infierno.

MARTÍNEZ DE LA ROSA

Gritaban con voz de gallo
en cierto chiribitil:
—Muera la gente servil.
¡Y lo decía un lacayo!

V. MARTÍNEZ

Aquí yace una soltera
rica, hermosa, forastera,
que sordomuda nació...
¡Si la hubiera hallado yo!

MARTÍNEZ DE LA ROSA

Por defender a una bella
dieron de palos a Diego;
ella lo siente en el alma,
pero él lo siente en el cuerpo.

V. MARTÍNEZ

El que carece de plata
en balde argumentos trata;
que retórico será,
no el que dice, sí el que da.

F. DE LA TORRE

—¿No le parecen a usted
mis modales de gran tono?
—Coloque usted otra T
entre N y O, y los pregono.

                                        ***

    Son vivos como una avispa
los ingleses cuando comen,
y en llenando bien su abdomen
son los que tienen más chispa.

                                        ***

    ¿A qué amontona el avaro,
si no goza? Él obra mal:
Yo a la abeja lo comparo,
que hace para otro el panal.

                              R. J. DE CRESPO

    Aprende, Evandro, a morir,
llegarás a vivir bien ;
y para morir también
aprende, Evandro, a vivir.

                              G. DEL CORRAL

    A su mujer, ofendido,
"cabra" un marido llamó,
y ella se desagravió
con llamarle su marido.

                              G. DEL CORRAL

    María merece ya,
por lo alegre y lo gratuita,
que en lugar de Mari-quita,
se la llame Mari-da.

                                        ***

    ¡Qué hembra tan rara fue Estrella!
Pues no es cuento, a mi entender:
de más de mil fue mujer,
y ni un marido tuvo ella.

                              R. J. DE CRESPO

Yo quisiera a la mujer
blanda al ver, dura al negar;
que la desee comprar,
y no se quiera vender.

F. DE LA TORRE

La inglesa voracidad
no es fácil se satisfaga,
pues es nación que se traga
de su lengua la mitad.

J. DE IRIARTE

Para justicia alcanzar,
tres cosas son menester :
Tenerla, darla a entender
y que te la quieran dar.

***

Aquí yace un mayorazgo
junto a su hermano mellizo;
éste se murió de hambre,
y aquél se murió de ahíto.

MARTÍNEZ DE LA ROSA

—¡Ah, bribón! ¡No hay compasión!
Haré contigo un desastre.
—¡Señor, que no soy ladrón!
—Pues di: ¿quién eres?—El sastre.

W. AYGUALS DE IZCO

Montalvo casó en Segovia
cojo, manco, tuerto y calvo,
y engañaron a Montalvo...
¿Qué tal sería la novia?

***

—Si nos obliga a ayunar
a los veintiún años Dios,
¿por qué no ayunas, Gaspar?
—Porque tengo veintidós.

***

Mi maestro don Fernando
es hombre muy singular:
se mata por explicar,
y después mata explicando.

V. MARTÍNEZ

Antonio, al enamorar
a Inés, palabra le dio
de casarse, y la cumplió :
pues se casó con Pilar.

M. U. SÁNCHEZ

El alto pino en la sierra
al ambicioso figura:
cien años crecer le dura
y en una hora cae a tierra.

R. J. DE CRESPO

Aquí yace un oidor sordo...
un relator tartamudo...
un vista con cataratas...
—¡Pues anda bonito el Mundo!

MARTÍNEZ DE LA ROSA

El Diablo no pudo hacer
perdiese Dios la paciencia;
inmediata consecuencia:
El Diablo no era mujer.

***

Oyendo un patán grosero
llamarle "Padre" a un guardián,
exclamó:—Voto va san...!
Yo pensé que era soltero.

ANITA CUELLO

Porque diez abuelos Blas
cuenta, muy noble se dijo:
¡Hola! Pues más noble es su hijo,
que cuenta un abuelo más.

R. J. DE CRESPO

Que está en su juicio, Fabricio
dice, a pesar de ser juez,
cual si pudiera a la vez
ser juez y estar en su juicio.

V. Martínez

Una sierpe a Blas mordió.
¿Qué pensáis sucedería?
¿Que murió Blas? ¡Tontería!
La sierpe se reventó.

R. J. de Crespo

¿Veis esa repugnante criatura,
chato, pelón, sin dientes, estevado,
gangoso y sucio, y tuerto y jorobado?...
Pues lo mejor que tiene es la figura.

L. F. Moratín

Porque la acuso de infiel,
al diablo Cloe se da.
—¿Al diablo? Pues bien está:
sin pleito se la dejo a él.

R. J. de Crespo

Del criado a su señor
el hurto de más molestia
es querer a su señora,
aunque su señora quiera.

F. de la Torre

Viendo un niño, pregunté:
—¿Es dé usted, señora Luisa?
Y ella respondió con prisa,
muy política:—Y de usted.

J. M. Villergas

Agua destila la piedra,
agua está brotando el suelo...
—¿Yace aquí algún aguador?
—No, señor; un tabernero.

Martínez de la Rosa

Jugando un día Fernando,
perdió sus onzas postreras;
y aunque ve que fue de veras
aún dice que fue jugando.

V. MARTÍNEZ

Si es la muerte el no ser, pues
el ser quita, bien medido
de cuanto es, será y ha sido,
la muerte es lo que no es.

F. DE LA TORRE

Aquí en ventura descansa
la seductora Sofía:
de condición buena y mansa...
cuando su capricho hacía.

***

Con mil satíricas artes
me injuria un autor tremendo:
yo me vindico leyendo
sus obras en todas partes.

R. J. DE CRESPO

Prisco ¿por qué no me caso,
dices, con rica mujer?
Porque no quiero yo ser
la mujer; y éste es el caso.

M. DE SALINAS

Sí: tu hermosura preciada
me cuesta lágrimas cien;
mas, Filis, lo sabes bien:
no me cuesta el llorar nada.

R. J. DE CRESPO

A estar sano y bueno vienes,
si del alma te despojas;
porque echando el alma, arrojas
todo lo malo que tienes.

F. DE LA TORRE

Como el maestro mejor
a Séneca se reputa;
mas Nerón fue, sin disputa,
el discípulo peor.

J. DE IRIARTE

Si a la música te inclina
tu gusto, mujer, sé cauta;
mira que murió Agustina
de tanto tocar la flauta.

J. B. BALDOVÍ

La obra que es de mal autor
se vende más. Pues no quiero
que a mí jamás el librero
me llame buen escritor.

J. DE IRIARTE

¿Quieres los hijos tener
parecidos? Dirás: sí;
busca primero que a ti
se parezca la mujer.

F. DE LA TORRE

Flora, tu boca pequeña
no tiene falta ninguna,
sino solamente una,
y es el ser muy pedigüeña.

F. DE FRANCIA

Que tienes treinta años, ya
lo creo yo, Celestina,
pues el cura y tu madrina
lo dicen quince años ha.

R. J. DE CRESPO

El criado, a la señora
que ser su ídolo merece,
ángel es, si la obedece ;
y es el diablo, si la adora.

F. DE LA TORRE

No teme Paula al francés,
al español, al romano,
al inglés, al persa, al medo;
solamente teme al parto.

J. DE IRIARTE

Es nuestra vida un gemido,
y gemir es padecer;
el olvido es el no ser
y la ausencia es el olvido.

***

Casi igual suma se advierte
de gente muerta y nacida,
con tener sólo la vida
una puerta, y mil la muerte.

J. DE IRIARTE

—Feliz el que ajenos cuernos
prudente y cauto le hacen—
dijo Aserra, siendo mozo,
y esto lo dijo a su padre.

F. DE LA TORRE

Dicen, Nicyla, de ti,
que tiñes la cabellera,
y mienten, que antes negra era,
pues ya la compraste así.

R. J. DE CRESPO

Mientras jugaba don Blas
con sus amigos tresillo,
su esposa, con Nicolás,
le estaba dando "codillo".

C. ESPINOSA

Cuando me hablan de mujeres,
con mudar sólo una letra
respondo: Pues si preguntan
cuál quiero, digo: "Cualquiera".

F. DE LA TORRE

Quien se acicala y repule,
quien presume en el vestir,
o quiere que gusten de él,
o gusta mucho de sí.

J. DE IRIARTE

Quien tiene mujer hermosa
y viña en campo real,
si ha de coger solo el fruto,
mucho tiene que velar.

***

Todo eres de tu mujer;
mas no sólo tú en su amor:
y ella sola tuya, sí;
pero toda tuya, no.

F. DE LA TORRE

¡Que con la leche de burra
así la salud recobre!
Más les debo a los borricos
que les debo a los doctores.

J. DE IRIARTE

¿Y es cierto que el doctor Blas
deserta de los galenos?
Pues cuenta un médico menos
y mil habitantes más.

R. J. DE CRESPO

Solamente el hombre ríe,
y ningún otro animal:
él solo ríe, y ninguno
tiene más de qué llorar.

F. DE LA TORRE

Oro, hijo del afán,
padre de la adulación:
el tenerte es inquietud;
el no tenerte, dolor.

J. DE IRIARTE

Peineros he conocido
de tan raro proceder,
que venden a una mujer
lo que han comprado al marido.

J. M. VILLERGAS

Aquí yace una viuda,
que murió de pena aguda,
apenas hubo perdido
a su séptimo marido.

MARTÍNEZ DE LA ROSA

Si España tiene escritores,
el extranjero con maña,
o niega que son de España
o que son buenos autores.

J. DE IRIARTE

El señor don Juan de Robres,
con caridad sin igual
mandó hacer este hospital;
pero antes hizo los pobres.

***

Yace aquí una bailarina,
y allí un maestro muy docto;
éste enseñó la gramática,
y aquélla lo enseñó todo.

***

A quien quiero no me quiere,
y a quien me quiere no quiero;
muera Amor de lo que muero,
pues muero de lo que muere.

***

Mostrando un duro un impío
avaro que Dios confunda,
dije:—¿Es de Isabel Segunda?
Y respondió:—No, que es mío:

J. M. VILLERGAS

Mucho más locas las viejas
son en Madrid, que las mozas,
y es regular, porque llevan
muchos más años de locas.

***

¿Crítica o sátira cuadra?
¿Qué ventaja gana o pierde?
La una es el perro que ladra,
y la otra el perro que muerde.

R. J. DE CRESPO

¿Cuál será de más culpar,
aunque cualquiera mal haga:
la que peca por la paga,
o la que paga por pecar?

***

—Si a los mansos—dijo Rosa—
Dios da en el cielo reposo,
¡ay, qué gloria tan hermosa
tendrá mi difunto esposo!

J. M. VILLERGAS

Tonto don Juan me creyó
porque anoche nada hablé;
y yo tonto le juzgué
solamente porque habló.

***

Qué años a tener vengo,
preguntas. "Ninguno", digo.
—¿Cómo así?—Póntico, amigo,
los que tuve no los tengo.

F. DE LA TORRE

—Nunca tú podrás ser sabio:
sí lo podrás parecer.
—Esto, ¿cómo podrá ser?
—Yo lo diré: cierra el labio.

J. MORELL

Juana, no lo dudes, terca:
tienes "buen lejos", a fe;
sin embargo, yo bien sé
que tienes mejor "el cerca".

J. M. VILLERGAS

Claveles me regalan
dos petimetres:
intentaron clavarme,
pero clavéles.

***

Conozco un sastre que ha hecho
una fortuna completa,
con tener largas las uñas
y muy corta la tijera.

J. RICO

—Un sainete en cuatro partes
¿cómo lo divido yo?
—Le rompes en dos pedazos,
y después en otros dos.

***

Casó Juan con doña Inés
creyendo encontrar dinero,
y algo halló poco después;
pero de dinero... cero.

J. S. PARRA

El amor correspondido
es un destello del cielo;
no siéndolo, es desconsuelo
que del infierno ha nacido.

SIETE

No en vano sueles llamar
tus versos oro luciente:
porque el fuego solamente
los puede purificar.

J. MORELL

Donde quiera va Cecilia
lleva su cuñado al canto:
¡Ama su marido tanto,
que ama toda la familia!

R. J. DE CRESPO

—¿Por qué juras que esos versos
de repente los hiciste,
si ellos, aunque tú lo calles,
bastantemente lo dicen?

J. MORELL

—¡Qué metódico es don Diego!
Ninguno apunta mejor.
—¿En comedias?—No, señor.
—Pues dónde apunta?—En el juego.

J. RICO

¿Ladrones son?... ¡Bobería!
¿Para qué a mi casa van?
Pues, ¡qué!, ¿de noche hallarán
lo que no hallo yo de día?

R. J. DE CRESPO

Aplausos me dan tus obras;
yo ya sé por qué haces esto.
Marco, en tus versos me alabas
porque yo alabe tus versos.

J. OWEN

De Nise hermosa es querido
Gil, que es tosco e ignorante:
—¿Y lo quiere para amante?
—No, señor; para marido.

R. J. DE CRESPO

—¿Qué flor a usted más le gusta?—
preguntó Diego a Dolores,
y ella contestó risueña:
—A mí, un "Don Diego de noche".

V. MARTÍNEZ

Un mancebo de botica
tiene por novia Librada;
¡ay, qué lástima de chica,
tan joven y amancebada!

V. Martínez

Don Lesmes no me saluda,
porque gasto traje viejo,
y a él no le saluda el sastre
porque no le paga el nuevo.

V. Martínez

Margarita me aborrece
porque soy de rostro feo,
y ella, por ser tan salada,
ha estado en el "Saladero".

V. Martínez

Anoche soñaba Andrés
un latrocinio liviano...
—¿Es procurador o juez?
—No, señor; es escribano.

C. Espinosa

Marica, yo confieso
que por tenerte, amor, no tuve seso;
pensé que eras honrada,
mas no hay verdad que tanto sea "probada".

F. de Quevedo

Allí camina don Juan,
en rebañar hombre ducho.
¿Por qué no le colgarán?
Porque ha rebañado mucho.

J. M. Villergas

Riño a Emilia, a fin de ver
si de ser chismosa cesa,
y sonriendo me confiesa
que es el "chisme" su placer.

***

Envidia tengo y no poca
al corsé que lleva Andrea,
no por lo que la hermosea,
sino por lo que la toca.

PLÁCIDO

Ayer dijo don Mariano:
—Está en bruto este bastón.—
Y era cierta su opinión,
pues se encontraba en su mano.

J. RICO

Un andaluz atrevido
dice que mató más de cien...
Lo cierto es que todos ellos
resucitaban después.

J. S. PARRA

Yace en esta estrecha caja
el sastre más afamado;
y dicen que no ha robado...
al menos en su mortaja.

MARTÍNEZ DE LA ROSA

Yace aquí un perro fiel, y no te asombres
de que le honremos con memorias tales:
hombres hay que parecen animales,
y hay animales que parecen hombres.

V. MARTÍNEZ

Con muy grande propiedad
habla Juan, cuando a su Rosa
la apellida su mitad;
pues a medias es su esposa.

R. J. DE CRESPO

Tengo por cosa fatal
ser médico, y por desdén:
porque sólo a él le va bien,
cuando a muchos les va mal.

J. MORELL

—Ahora, Inés, sí que mereces
el nombre de recatada.
—¿Por qué, Antón?—Inés amada,
porque te caté dos veces.

W. Ayguals de Izco

Si es ley que a mi compañero
he de amar como a mí propio,
bueno será amarme mucho
para no quererle poco.

F. de la Torre

Una me dijo que sí,
otra me dijo que no;
la del sí, quería ella;
la del no, quería yo.

***

Tus versos tan malos son
que ellos no serán leídos,
aunque sean prohibidos
por la Santa Inquisición.

***

Viendo un entierro el caribe
de un centinela inexperto,
dijo a lo lejos:—¿Quién vive?
Y contestaron:—Un muerto.

J. M. Villergas

Por hacer el amor a una coqueta
perdió don Salustiano la chaveta;
y por una beata don Severo
se quedó sin chaveta y sin dinero.

***

Ten presente está máxima,
cuando mujer escojas :
"Para querida, lista,
y para esposa, tonta."

***

Los días suelen correr,
y yo con ellos me voy;
ayer nunca será hoy,
y hoy mañana será ayer.

F. DE LA TORRE

Pues el rosario tomáis,
no dudo que lo recéis
por mí, que muerto me habéis,
o por vos, que me matáis.

EL CONDE DE REBOLLEDO

Ortiz, yo llego a creer,
aunque ha que paciste, Ortiz,
treinta años, que tu nariz
no ha acabado de nacer.

P. DE CASTRO

Póstumo, el oler tan bien
tengo por mala señal;
porque siempre huelen mal
aquellos que huelen bien.

M. DE SALINAS

Vieja, ataviada, jovial,
¿a quién parece Clementa?
A la aurora boreal,
que reluce y no calienta.

R. J. DE CRESPO

Cuando mancha la pureza
del tálamo la mujer,
¿por qué el hombre ha de traer
los cuernos? Porque es cabeza.

F. DE LA TORRE

Dijo a su novia Colás:
—¡Eres un ángel, María!
Y en efecto, no mentía:
un ángel fue Satanás.

***

A nueve meses de achaque
se fue en casa de su abuela
Marica, a ponerse en cura,
y era el cura su dolencia.

       F. DE TRILLO

Dice la gente que Paco
tiene un talento deshecho,
y debe ser positivo,
porque yo no se lo veo.

       V. MARTÍNEZ

Un escritor de esta edad
que es un pedazo de atún,
decía con seriedad:
—Yo escribo para el común...
Y decía la verdad.

       ***

Sin reparar un gorrero
en gramáticos aliños,
puso el siguiente letrero:
"Gorros vendo para niños
hechos con gracia y esmero."

       ***

Mucho don Luis trabajó;
¿mas dio, en resumidas cuentas,
siempre originales? No.
Una vez, sí, se pintó;
pero se copió doscientas.

       J. M. VILLERGAS

—Tu vecino, que a mi ver,
sin trabajar come y bebe,
muy ricacho debe ser.
 —Tan rico es, Gil, en deber,
¡que a todo el mundo le debe!

       RAMÓN TABOADA

Tu crítica majadera
de los versos que escribí,
Pedancio, poco me altera.
Más pesadumbre tuviera
si te gustaran a ti.

L. MORATÍN

Silbido es la lengua inglesa,
es suspiro la italiana,
canto armonioso la hispana,
conversación la francesa
y rebuzno la alemana.

J. DE IRIARTE

En un cartelón leí
que tu obrilla baladí
la vende Navamorcuende...
No has de decir que la vende,
sino que la tiene allí.

N. MORATÍN

—¡Ese señor tan juicioso
debe ser muy estudioso!
—Ya se ve—contesto Eustaquia—:
—Es don Cornelio, mi esposo,
que ahora estudia Tauromaquia.

RAMÓN TABOADA

Tres amantes tiene Blasa,
y cosa admirable es
que así soltera se pasa;
mas, a mi ver, no se casa
por lo mismo que son tres.

J. RICO

Aquí yace un prestamista,
generoso y tan atento
y tan puro economista,
que siempre tuvo a la vista
la ley del ciento por ciento.

***

—Gentil-hombre he sido yo—
un jorobado exclamó.
Y otro dijo:—No lo sé;
" lo que es hombre, sería usted;
pero gentil, eso no.

J. RICO

El que está aquí sepultado,
falleció, ¡desventurado!,
porque no pudo casarse.
¡Cuántos mueren de acordarse
del día que se han casado!

Veintiséis años de edad
dice Soledad que tiene,
y debe ser la verdad;
pues hace diez que conviene
en lo mismo Soledad.

***

Se quejaba cierto día
de no tener hijos Blas,
y don Ramón, que le oía,
con intención respondía:
—Calla, que ya los tendrás.

Viendo a un cojo, dijo Inés:
—Una, dos, tres; cojo es.
Y él respondió con presteza:
—Yo cojeo de los pies;
pero usted de la cabeza.

J. RICO

De imposibles Santa Rita
es abogada; y Filena,
con devoción muy contrita,
reza a la santa bendita
a fin de que la haga buena.

N. MORATÍN

Si sueños amores son,
la gloria dulce martirio,
la amistad sólo ficción,
y el placer loco delirio,
¿qué es la vida?—Una ilusión.

T. DE MENA

Casóse loco de amor
Benito, con Carmen Rueda,
y al acostarse... ¡qué horror!
Vio que... Lo demás se queda
para el curioso lector.

J. J. GRANCHE

Sólo murió de constante
la que está bajo esta losa:
Acércate, caminante,
que no murió tal amante
de enfermedad contagiosa.

***

Una tarde iba María
por el Prado, y se cayó...
Un fuerte viento corría,
y no sé lo que se vio,
que la gente se reía.

P. C. Y GUERAO

Yo no sé si Encarnación
de recato es alabada
con suficiente razón;
sólo sé que, en mi opinión,
es muchacha re-catada.

J. RICO

—Ni la jota sabe usted—
dijo al escolar Manresa
su profesor, don José;
y él contestó:—Sí la sé—;
y bailó la aragonesa.

V. MARTÍNEZ

Azotaba don Pascual
a su nene con la palma,
y decía muy formal:
—¡Cuánto me conmueve el alma
el afecto paternal!

W. AYGUALS DE IZCO

A un rebelde tercianario
llegando el lance postrero,
le preguntó el secretario;
—¿Quién queda por heredero?
Y él respondió:—El boticario.

Una manzana cayó
de oro, en el festín postrero,
y en su espacio se leyó:
"Désele al más embustero";
conque a un sastre le tocó.

Dije a Juana por lo bajo:
—¿Por qué estás tan despeinada?
—Porque ha venido mi majo—
me contestó descocada—,
y hoy es día... de trabajo.

L. MARAVER

De un necio la audaz propuesta
con dificultad se muda,
y es la razón manifiesta;
porque la más ruda testa,
siempre es la más testadura.

Del dolor todo el rigor
muere con la muerte fuerte;
luego la muerte es mejor,
porque el dolor de la muerte
es la muerte del dolor.

Yo he de obrar como cristiano;
yo por no pagar me muero;
quien me apremie a pagar llano,
máteme; que yo primero
seré mártir, que pagano.

El alma en el cuerpo yace,
que su sepulcro se infiere,
y hasta que se desenlace,
cuando nace el cuerpo, muere,
cuando muere el cuerpo, nace.

F. DE LA TORRE

—¿Quieres un huevo, Librada?
—¡Ay, de noche, no, por Dios!
—¡Bah! Repulgos de empanada.
¿Querrás negarme, taimada,
que más tarde tomas dos?

M. SÁENZ MIERA

¿Por qué en vez de seducir,
muchas mozas han de dar
sus pechos en encubrir?
Es claro, por no sacar
los trapos a relucir.

Habrá doncella lombriz
que no se queje, aunque ajeno
se le atribuya un desliz:
Quejárase la infeliz
de que no se lo hagan bueno.

J. M. VILLERGAS

Vendes tu amor y es fingido,
das el cuerpo, y lo retienes;
¡cuánta culpa has cometido!
Pues quedas con lo vendido,
y vendes lo que no tienes.

F. DE LA TORRE

—Mi marido, doña Inés,
es gran hombre y guapo chico.
—¿Es marqués, barón, o qué es?
—Aún ignoro si es marqués ;
pero varón, certifico.

J. M. VILLERGAS

Dicen que Luis fue burlado
y por su novia vendido,
porque con Juan se ha casado:
¿Quién fue aquí el más engañado:
él, su novia o el marido?

***

Sedujo Luis a Pascuala,
esposa de un general,
y éste la sopló una bala:
que siempre ha salido mal
un "toque de generala".

Dijo una amiga querida
a cierta recién casada:
—Tuviste buena salida.
Y ella contestó en seguida:
—Mejor ha sido la entrada.

V. MARTÍNEZ

Sin embarazo, encontrar
pudo Juana en breve plazo
de novios un centenar;
mas no se pudo casar
por... yo no sé qué embarazo.

Dije a Inés:—Dulce embeleso,
¿no me das un beso, di?
Y ella exclamó:—¿A qué viene eso?
¿Por qué le he de dar un beso?
¿Qué tantos me da usted a mí?

J. M. VILLERGAS

Reza, cristiano, por mí;
leve escrúpulo me asalta,
porque tahonero fui.
El pan falto a veces di...
mas ¡quién no tiene una falta!

***

Siempre soltero Vicente
soñaba que se casaba;
y aunque lo hizo felizmente,
cuentan que al día siguiente
soñó que se divorciaba.

Junto a un sepulcro que vi,
dijo una beata:—Aquí
yace un músico español,
y no por subir a "sol",
sino por bajar a "mí".

Hay casada que se queja,
porque tal vez se ha creído
que a una ovejita asemeja,
y sólo parece oveja
en que es carnero el marido.

J. M. VILLERGAS

Díceme Inés que le dio
mucha crianza a su hijo...
No sé si me engañó o no;
mas de dar tanta, colijo
que sin ella se quedó.

***

Grande es el arte de hablar,
el de callar mayor es.
Mil artes hay de enseñar
a hablar bien; ninguna ves
que nos enseñe a callar.

J. MORELL

Tanto, que el amor me abrasa,
las primadas escatimo,
que si para ir a tu casa
tengo de pasar por "primo",
no quiero verte, Colasa.

Buey a don Roque llamé
por una equivocación;
mas dije:—Perdone usted—,
al notar mi indiscreción.
Y él respondió:—No hay de qué.

J. M. VILLERGAS

En cierta reunión decía
una casada reciente,
que de soltera tenía
un sueño más permanente;
y su esposo se reía.

Se admiran de que Rufino
tenga grandes capitales.
Mas yo la causa adivino,
y es que ha tenido un destino
en los bienes nacionales.

J. RICO

Los diez tomos, ¡vive Dios!,
que ha publicado Quirós
con notas y suplementos,
como los diez mandamientos
pueden reducirse a dos.

J. M. VILLERGAS

Un tapabocas pedía
trémulo el labio, Pascual.
—Ten, ahí lo tienes—, García
díjole, al ver que venía
por la otra acera el fiscal.

***

Un fraile pidiendo estaba
para los niños expósitos,
y cuando alguno le daba:
—¡Hijos míos!—exclamaba,
y no dijo despropósitos.

PIRALA

Una viuda y un cesante
fueron por la bula juntos:
No hizo más el despachante
que mirarles el semblante,
y se la dio de difuntos.

Un intendente de rentas
y una modista, ¡qué gangas!,
purgan aquí, con afrentas,
aquél, sus cortes de cuentas,
y ésta, sus cortes de mangas.

Mi vecina no adivina
cómo el carbonero medra,
cuando sabe mi vecina
que en vez de carbón de encina
nos vende carbón de piedra.

J. M. VILLERGAS

Pedancio, a los botarates
que te ayudan en tus obras,
no los mimes ni los trates;
tú te bastas y te sobras
para escribir disparates.

L. F. DE MORATÍN

De aduana principal
quiso ser vista don Diego;
y al hacer el memorial,
puso: "Fulano de Tal",
y entre paréntesis, "ciego".

Por un beso, don Ventura,
tres duros a Inés pagó.
—¿Qué espera usted, criatura?—
dijo Inés. Y el respondió:
—¿Qué, no da usted añadidura?

J. M. VILLERGAS

La esposa de Juan murió,
y consternaba su llanto:
No era el motivo, no,
porque, infeliz, enviudó,
sino porque tardó tanto.

J. S. PARRA

Veintidós años viví;
nada me ha causado horror;
bailé, jugué, di y bebí,
y me ha conducido aquí
una indigestión de amor.

Q.

Que ama Inés al viejo Tito,
dice Juan, y lo atestigua;
de gustos no hay nada escrito,
pero, digo y lo repito,
que está montada a la antigua.

M. SÁENZ MIERA

Uno a otro proponía
que, para poder comer,
pusiese una droguería,
y el otro le respondía:
—Harta droga es mi mujer.

J. RICO

Mucho me gusta, Sofía,
el coral de tus pendientes;
pero te juro, a fe mía,
que yo mejor tomaría
el que me oculta tus dientes.

***

Hablando del Himeneo,
una joven dijo así:
—Es un gusto, según creo,
pues se forma con la i,
y después sigue el "meneo".

J. M. PALACIOS

Cierto coplero famoso
(pero no de los modernos)
a su mujer, cariñoso,
pidió un consonante a "tiernos",
y ella, que amaba al esposo,
le puso al momento "cuernos".

W. AYGUALS DE IZCO

A su esposo una marquesa
decía mostrando enfado:
—Es tu amigo muy pesado.
   —¡Canario! ¡Pues buena es ésa!—
dijo el marqués atufado—.
¿Cómo sabes lo que pesa?

ANITA CUELLO

Pregúntame un amigo
cómo se habrá de hoy más con las mujeres;
y yo a secas le digo:
Que, bien que en esto hay varios pareceres,
ninguno que llegare a conocerlas
podrá vivir con ellas, ni sin ellas.

G. M. DE JOVELLANOS

¿Quién es el rico? El sabio.
¿Quién el pobre? El que necio significo:
Luego, si sabio soy, vendré a ser rico.
   ¿Quién es el sabio? El rico poderoso.
¿Quién es el necio? El pobre que desprecio:
Luego, si no soy rico, seré necio.

F. DE LA TORRE

Aquí reposa una bella,
"¡bella!, y ¡acaso doncella!"
Fue gallarda y dadivosa,
   "¡Ay, si se alzara esa losa!"
¡Y pedigüeña también!
"Requiescat in pace, amén".

J. M. VILLERGAS

Una tarde fresca,
estando de gresca
con don Fructuoso,
a mi caro esposo
le hicimos cabrito:
¡mira qué bonito!

J. IGLESIAS

En el espejo de Laura
se miraba doña Mónica,
y al contemplarse tan fea,
exclamaba con voz sorda:
—¡Qué malos son los espejos
que usan las niñas de ahora!

***

—No hay nadie que pueda oír
tus versos sin bostezar—
dice Antón a Baltasar.
—Ni los tuyos sin dormir—
dice Baltasar a Antón.
Y entre ambos tienen razón.

***

Llamando en la vecindad
don Juan:—A los pies de usted—
dijo a doña Trinidad.
Y era la pura verdad,
porque le dio un puntapié
su idolatrada mitad.

W. AYGUALS DE IZCO

Dijo Agustín a Joaquín:
—¿A dónde mañana irás?
—A la feria de Albaicín
a comprar un buen rocín.
—Pues allí me encontrarás—,
respondió al punto Agustín.

ADELA

Lisardo con un perro
se hizo el retrato...
Lo mismo importaría
que fuese gato.
    Hay quien barrunta,
que Dios los echa al mundo,
y ellos se juntan.

    La que ama a un hombre lindo
goza en el mundo;
y si el amante es feo
tiene dos gustos:

    Uno que él deja
cuando se acerca, y otro
cuando se aleja.

    El que juega a las damas,
al punto coma,
porque si no, el contrario,
llega y la sopla.
    Me he descuidado,
y una que yo tenía
me la han soplado.

    Una de esas rubitas
que yo apetezco,
sus azulados ojos
puso en un negro.
    Pero lo raro
fue, que al acariciarle,
los puso en blanco.

                                        ***

    Al que buscó, a su entender,
por novia una mujer casta
y siendo él de buena pasta
y ella de buen parecer,
la que le hizo novio ayer
le hace novillo este día;
le cayó la lotería.

                    J. IGLESIAS

En Valencia muy preñada.
y muy doncella en Madrid,
cebolla en Valladolid
y en Toledo mermelada,
Puerta de Elvira en Granada,
y en Sevilla doña Elvira,
      mentira.

LUÍS DE GÓNGORA

Profesando una monja
contra su gusto,
dijo al atar el lazo
del infortunio:
    —¡Si yo profeso...
rencor a la abadesa
y odio al convento!

Cogí de un brazo con arte
a Pascual, que iba hecho un loco,
y dije:—Espérate un poco;
¡qué diablos! ¿Vas a casarte?
    —Hombre—respondió Pascual—,
no estoy tan desesperado...—
y luego añadió el malvado
que iba a tirarse al canal.

J. M. VILLERGAS

Al bosque fue Inés por rosas
una mañana de mayo;
cogióla un cierto desmayo
divertida en ciertas cosas.
    ¿Qué desmayo ese sería?
Juguete, acaso, de amores,
y es que cuando fue por flores,
perdió la que ella tenía.

J. IGLESIAS

Moza fui, gocé mi edad;
pero cuando vieja fui,
otras gozaron por mí
su hermosura y libertad.
    Setenta años vi el sereno
cielo, gocé los al justo:
los cuarenta, con mi gusto;
los treinta, con el ajeno.

                                    LOPE DE VEGA

Ayer convidé a Torcuato,
comió sopas y puchero,
media pierna de carnero,
dos gazapillos y un pato.
    Dóile vino, y respondió:
—Tomadlo por vuestra vida,
que hasta mitad de comida,
no acostumbro a beber yo.

                                    N. MORATÍN

En casa de un general
un periódico que había,
ocultó Leonor un día,
debajo del delantal.
    Preguntó el amo zanguango:
—¿Qué tienes ahí, Leonor?
Y ella contestó:—Señor,
¿qué he de tener? *El Fandango* [1].

                                    J. M. PALACIOS

Buscaba cierto pedante
un consonante a "jumento",
y no saliendo adelante,
otro le dijo:—Excremento.
    —¡Malhaya tu habladuría!—
gritó el pedante con mengua—.
Ha rato que lo tenía
en la punta de la lengua.

                                    ***

_____

[1] Periódico satírico publicado en Madrid en 1846.

El bravatero Manolo,
de menos valor que pies,
se preciaba de que él solo
obligó a correr a tres.
    Y a fe tenía razón,
cual no la tuvo jamás:
porque fue huyendo el bribón,
de tres que le iban detrás.

A. RIBOT

La vieja doña Dolores
en sus discursos prolijos,
cuenta que tiene tres hijos,
y los tres, a cual mejores.
    Uno, despunta en belleza;
otro, en valor extremado;
y el otro, que ya es casado,
despunta por la cabeza.

***

A solas Juan con Lucía
no sé lo que hacían los dos,
que ella dijo:—¡Ay, santo Dios,
qué mano tenéis tan fría!
    Cuando ella así, de repente,
fría la mano encontraba,
lo que Juanito tocaba,
¿sería frío o caliente?

M. A. PRÍNCIPE

La lengua inglesa intentó
aprender don Juan de Lara,
y al que antes se la enseñara,
dos mil duros le ofreció.
    Agarró un inglés la presa
y dijo a Lara el muy soca:
—Ahí tenéis.—Abrió la boca,
y enseñó la lengua inglesa.

J. M. VILLERGAS

Sin crédito en su ejercicio
se llegó un médico a ver,
y hoy, por ganas de comer,
ya se ocupa en nuevo oficio.
        Mas, tan poco se desvía
de la afición del primero,
que hoy hace sepulturero,
el que antes médico hacía.

J. IGLESIAS

En aquellos tiempos rancios
de tontillos y de moños,
peinaba a una señorita
un peluquero algo tonto.
        Y al sacudirle la brocha,
le dijo llena de encono:
—Me tiene usted fastidiada
con echarme tantos polvos.

J. M. PALACIOS

De hacer cien visitas harto
un médico se acostó,
y no bien se desnudó
le llamaron para un parto.
        Abrió el hombre la ventana
y dijo con mucho empeño :
—Diga usted que tengo sueño,
que lo deje hasta mañana:

J. M. VILLERGAS

Enfermó Gines un día
del pecho, muchos pensaban,
pues si algo le preguntaban:
—Me canso—siempre decía.
        Lo oyó su esposa, y al tonto
dijo al fin con gran dolor:
—Lo que siente más mi amor,
es que te canses tan pronto.

SERAFÍ PITARRA

Un quídam, juzgando un día
a diversos escritores
dijo:—A los malos autores
al mar los arrojaría.
        Aún bien no acabó de hablar,
exclamó Pedro del Río:
—Bueno será, amigo mío,
que usted aprenda a nadar.

R. Gaula

Magdalena me picó
con un alfiler un dedo,
díjela:—Picado quedo,
pero ya lo estaba yo.
        Rióse, y con su cordura,
acudió al remedio presto;
chupóme el dedo, y con esto
sané de la picadura.

Baltasar de Alcázar

Entrando en los Cayetanos,
una dama a un charro vio
y le dijo:—¿Se acabó
la misa de los villanos?
        Viendo él trazas tan livianas
contestó:—Se acabó ya;
pero entrad, que ahora saldrá
otra de las cortesanas.

J. Iglesias

Un listo banderillero
le dijo a su tabernera:
—¿Quieres, mi bien, ser torera?
Y responde con salero:
—Los toros, señor Pulido,
son terribles animales:
Lleve usted a mi marido,
y estará entre sus iguales.

A. García Tejero

Me dijo al morir mi tío:
—No hagas acciones aleves,
y, siempre, sobrino mío,
procura ser el que debes.
    Por eso en pagar reparo,
y ved que el caso no es nuevo;
porque si pagase, es claro,
ya no sería el que debo.

***

—Chica—dijo a Pepa
su marido Pepe—;
creo que te apuntan
cuernos en la frente.
    Y ella, cariñosa,
contestóle:—Puede...
Dime con quién andas,
te diré quién eres.

J. M. VILLERGAS

La hija de don Gonzalo
burlóse de Federico
que, blasonando de rico,
llevaba un paraguas malo.
    Se amostazó muy en breve
el fatuo, y dijo confuso:
—Este paraguas no lo uso
sino los días que llueve.

A. RIBOT

Rita, por cierta pendencia,
fue citada ante un alcalde,
y éste la sirvió de balde,
dando en su pro la sentencia.
    Con refinada malicia
dijo entonces la alcaldesa:
—Nunca he visto, Antón, tan tiesa,
la vara de la justicia.

J. B. BALDOVI

A una vieja, que ignoraba
quince lustros que tenía,
y un mondadientes llevaba
(aunque sin ellos estaba),
un galán la dijo un día:
    —Deja los impertinentes
modos de engañar las gentes,
con que mientes desengaños,
Clenarda, porque tus años
son el mejor mondadientes.

S. J. POLO

Entró de doncella en casa
de una marquesa elegante
cediendo a su suerte escasa,
la hija de un pobre cesante,
la preciosa Nicolasa.
    —Sufre el rigor de tu estrella—
su madre la repetía;
pero contestaba ella:
—No sufro más, madre mía;
yo no quiero ser doncella.

***

A solas en su aposento,
Gregoria me suplicaba
que la refiriese un cuento
de que yo no me acordaba.
    —Piénsalo bien—me decía—
que él te vendrá a la memoria;—
y al tiempo que me venía
también le vino a Gregoria.

J. B. BALDOVI

A la oficina del ramo
fue Juan por un pasaporte,
y no estando en casa el amo,
pidióselo a su consorte.
    Mas, como ésta en la escritura
es sin duda algo novicia,
yendo el tal a Extremadura
se lo dio para Galicia.

J. B. BALDOVI

Una viuda que lloraba
por la muerte de su Blas,
"¡El de arriba!... y nadie más,
me consolará...", exclamaba.
    En efecto, era verdad;
mas, aunque al cielo miraba,
no estaba allí el que buscaba,
que estaba en la vecindad.

GUERAO

—Soy un hombre desgraciado
con hijos—decía un pobre;
y otro, para chupar cobre,
decía :—Soy exclaustrado.
    Y otro pobre, un tal Pontijos,
para valerse de todo,
pordioseaba de este modo:
—Un exclaustrado con hijos.

A. RIBOT

En que transmigran, creía,
las almas, un tal Antón;
y a su amigo le decía
con todo su corazón:
    —Dónde habrá estado la mía
no acierto, aunque más discurro.
—Según tu sabiduría,
estar debió en algún burro.

BEYPÉ

Don Gil dijo derretido,
viendo en su bien adorado
el ojo izquierdo encendido:
—Tiene usted un sol eclipsado.
    Y ella, al verle tan galante,
dijo:—No me atormentara
tanto, a fe, si en este instante,
mi don Gil me lo soplara.

MARTÍNEZ

Juan se retiró a las diez,
y el padre, que no es cobarde,
dijo:—Infeliz, si otra vez
vienes a casa tan tarde...
    Oyó otra noche el villano
las doce, ¡negra fortuna!,
y dijo:—Aún puedo ir temprano.
Y se esperó hasta la una.

J. M. VILLERGAS

—No hay que dudar: está yerto;
ya expiró—dijo el doctor.
Y el enfermo:—No, señor—
Y le contestó—, no estoy muerto.
    El médico que le oyó,
mirándole con desprecio,
le replicó:—Calle el necio;
¿querrá saber más que yo?

***

Varias personas cenaban
con afán desordenado,
y a una tajada miraban,
que habiendo sola quedado,
por cortedad respetaban.
    Uno la luz apagó
para atraparla con modos;
su mano al plato llevó,
y halló... las manos de todos;
pero la tajada, no.

J. M. VILLERGAS

Grey de médicos estulta
de Pilar juzgaba el llanto,
y después de gran consulta
decide la turbamulta
que lavativas al canto.
    Y dijo el de cabecera:
—¿Quiere que se las eche yo?
Pilar con voz lastimera:
—Por un lado bien quisiera;
pero por el otro, no.

M. SÁENZ MIERA

En una pendencia, Juan
tan fuerte golpe sufrió,
que un ojo se le saltó,
y gritaba con afán:
     —¡Por Dios, señor cirujano!
¿Llegaré el ojo a perder?
—Muchacho, no puede ser;
porque lo tengo en la mano.

***

En esta piedra yace un mal cristiano:
Sin duda fue escribano.
No, que fue desdichado en gran manera:
Algún hidalgo era.
No, que tuvo riquezas y algún brío:
Sin duda fue judío.
No, porque fue ladrón y lujurioso:
Ser comerciante o viudo era forzoso.
No, que fue menos cuerdo y más parlero:
Este que dices era caballero.
No fue sino poeta el que preguntas,
y en él se hallaron estas partes juntas.

F. DE QUEVEDO

El macizo don José
que lo pesasen dispuso,
y al efecto fue, y se puso
en la báscula de pie.
     El pesador, que era Andrés,
dijo después de un minuto:
—Quince arrobas.—¿Neto o bruto?
—Bruto; tal como usted es.

Luisa adrede me mojó
y yo comencé a enojarme;
mas ella, por aplacarme,
cual quise me acarició.
     No le debió de pesar
del desquite, a lo que entiendo,
pues siempre me anda diciendo:
—Pepe, ¿te vuelvo a mojar?

J. IGLESIAS

—¡Jesucristo! Es un tormento
—decía la mujer de Antonio—
eso de que el matrimonio
viva en un mismo aposento.
    —Pues Juan—repuso María—,
me da gusto, y es rareza;
siempre ha tenido una pieza
diferente de la mía.

M. C.

A Job el diablo tentó
con tanta solicitud,
que los bienes, la salud
y los hijos le quitó.
    Mas, no pudiendo vencer
su virtud con inquietarle,
trató de desesperarle,
y le dejó... la mujer.

***

No habiendo moda segura
en la forma del sombrero,
pidió un día don Severo
un consejo a su futura.
    Sonrió al ver su sobresalto
ella, y dijo:—No te enredes;
por lo que suceder puede,
Severo, cómpratelo alto.

Serafí Pitarra

Dijo un tuerto a un jorobado
a quien vio al romper el alba:
—Temprano, amiguito mío,
camina usted con la carga.
    —Temprano debe de ser
—respondió el otro con calma—
cuando tiene usted abierta
solamente una ventana.

G. Morán

Doña Inés, abuela mía,
ha dicho siempre muy recio,
que el hombre es sabio o es necio,
según qué leche le cría.
    Y aunque esta verdad aburra
a mi señor don Pascual,
bien se conoce que el tal
toma la leche de burra.

W. Ayguals de Izco

Una fuente Ana la bella
se abrió junto a la común,
y mil pudiera, según
que entraran caños en ella.
    La fuente purgando va,
y queda claro y notorio
que en doña Ana, el purgatorio,
adonde el infierno, está.

Luis de Góngora

A un cura doña Narcisa
hablóle de esta manera:
—Que diga usted una misa,
es mi voluntad sincera.
    Y el cura le respondió
con amostazada bilis:
—Así no las digo yo,
que en la cera está el busilis.

***

Muy furiosa una manola,
a otra salada mujer
decía en la plaza ayer:
—¡Si yo te cogiera sola!...
    Un buen mozo que la oyó,
sonriéndose conmigo,
exclamó con sorna :—¡Digo!
¿Y si la cogiera yo?..."

Adela

Es mi Filis instruida,
tanto, que aún sabe callar;
su hermosura es singular,
y en todo, todo, es cumplida.
    Siempre ha solido tener
entre todos gran concepto:
¡ay!; pero tiene un defecto
grandísimo... que es mujer.

                                              ***

    Por inclinarse a coger
cierta alhaja con presteza,
dan cabeza con cabeza
un marido y su mujer.
Ansioso éste de saber
si fue el golpe en ella igual,
—Mujer—dijo—, ¿te he hecho mal?
Ella respondió que no,
y él al punto replicó:
—Esa no es mala señal.

                                       J. DE IRIARTE

    —Ha dado en decir la gente
que con la bella Leonor
casa vuestro hijo menor.
¿Es verdad?—Es evidente.
    —Pues le falta todavía
algún juicio.—¡Voto a tal!
Si le tuviera cabal,
¿pensáis que se casaría?

                                              ***

    Preguntaba a su criada
anteayer doña Ruperta
por qué al salir de la huerta
se quedó trasconejada.
    Y ella respondió:—¡Friolera
Es que al querer yo pasar,
el tuno de don Gaspar
me cogió la delantera.

                                       PASTORFIDO

Sacó un conejo pintado
un pintor mal entendido;
como no fue conocido,
estaba desesperado.
   Mas, halló un nuevo consejo
para consolarse, y fue
poner de su mano al pie,
de letra grande, "Conejo".

F. PACHECO

¿No sabes por qué después
que en nuestro cuerpo admitimos
a Baco, luego sentimos
entorpecidos los pies?
   Porque aquel dios castigar
los estrujones juró,
que de los pies recibió
cuando estuvo en el lagar.

J. DE IRIARTE

Contra los semieruditos
sátiras hace Cleón,
gastando en la reprensión
trescientos versos malditos.
   Cuánto es pródiga además
su caridad, ved aquí:
deja de curarse a sí,
por curar a los demás.

J. P. FORNER

Doña Madama Roanza,
tan alta y flaca vivía,
que mandó Su Señoría
enterrarse en una lanza.
   Y aun hubo dificultad,
porque lo alto faltó,
y de lo ancho sobró
la mitad de la mitad.

LOPE DE VEGA

Por ciertas cosas del día
tocaban a generala,
y a un miliciano Pascuala
—Ármate pronto—decía.
    —Mi calma no te dé asombro
—le contestó él muy taimado—;
pues al hallarme a tu lado,
siempre estoy armas al hombro.

J. B. BALDOVÍ

Jugando, yo no sé a qué,
sola con su primo Bruna,
quiso su mala fortuna que
 derribara el quinqué.
    De fuera el padre gritó:
—¡Chiquilla!, ¿te estás cayendo?
Y dijo el primo sonriendo:
—No, tío; se deslizó.

***

Acusaba a Inés don Juan
de infiel a su amor sagrado,
y al poco rato, irritado,
le dijo así con afán:
    —Con él te han visto ya varios.
—Lo extraño—ella contestó—,
pues con él me encuentro yo
siempre en sitios solitarios.

SERAFÍ PITARRA

Miramos desde un balcón
de frente Inés y yo puestos,
a una vieja hacer mil gestos
comiendo un agrio limón.
    ¡Oh, y qué risa! Yo e Inés
del balcón nos retiramos;
mas, en la pieza que entramos,
mayor risa hubo después.

J. IGLESIAS

Cierta noche que escuché
cantar un aria a Sofía,
la dije con cortesía:
—Buenos bajos tiene usted.
    Mas, su esposo, hecho un patán,
me respondió echando truenos :
—Si no los tiene muy buenos,
lo que es limpios, sí que están.

                                       ***

    —Tiempo es que tomes mujer
—dice su padre a Ventura—;
no hay para tu travesura
otro remedio, a mi ver.
    —El remedio bueno está
—responde Ventura al punto—;
pero, decidme, os pregunto:
¿la de quién tomo, papá?

                                       ***

Por enero Inés se halló
de su faldón en lo interno
una pulga, y exclamó:
    —¡Que aún hay pulgas en invierno!
Blas, asiéndola la mano,
—No extrañes, niña, el encuentro
—le dijo—porque ahí dentro,
yo apostaré a que es verano.

J. IGLESIAS

Un día de carnaval
la festiva Mariquita,
que es, por cierto, muy bonita,
se disfrazó de vestal.
    Y uno, a quien por el ropaje
engañar nunca podría,
le dijo al verla:—María,
¡qué mal te sienta ese traje!

PASTORFIDO

Al irse a casar Andrés,
gente que siempre murmura
dio en decir que su futura
tuvo enredillos con tres.
    A su suegra lo explicó,
y ella dijo:—No le aflija;
le aseguro a usted que mi hija
es tan pura como yo.

SERAFÍN PITARRA

    Al escuchar cómo aullaba
el perro de su vecino,
dijo un barbero asesino
que a un pobre martirizaba:
    —¡Diablo!; ¿si estarán matando
a ese infeliz animal?
Y el otro dijo:—No tal...
es que le están afeitando.

G. MORÁN

    Don Cornelio estaba lelo
con su idolatrado hijuelo,
que enseñaba a todo el mundo
lleno de placer profundo,
y era su dicha y consuelo.
    Y todo el mundo decía:
—La misma fisonomía
del padre.—¡Cosas de España!
El tal se le parecía,
Como un huevo a una castaña.

W. AYGUALS DE IZCO

    A solas con don Simón
pasa las noches Ruperta;
ella, polluela inexperta;
él, gallo con espolón.
    La madre está en la cocina
cerca del candil hilando,
y ronca de cuando en cuando...
¡Me va oliendo a chamusquina!

ANITA

Manolito, abanderado
del regimiento de Albuera,
exclamó:—Soy desgraciado;
se rompió el asta-bandera,
y me encuentro desarmado.
    Y la bella doña Casta,
esposa de don Manuel,
dijo :—De clamores basta:
iré a ver al coronel,
y te pondremos otra asta.

***

"Desprecio la sociedad
que silba mientras vivo;
porque, señores, yo escribo
para la posteridad."
    Y a fe, no comete error
don Carmelo al decir esto;
pues sus obras pasan presto
a la parte "posterior".

***

Fingí quitarle a Leonor
un anillito de un dedo,
y gritóme:—Estáte quedo...
¡Qué hombre tan enredador!
    Saqué yo otro singular,
y a su dedo se lo aplico
y entonces dijo:—Así, ¡ay, chico!,
ya te dejaré enredar.

J. IGLESIAS

—La solicitud que hiciste
te despacharon, Tadeo,
y ella te logró el empleo
que afanoso pretendiste.
    ¡Y yo la mía he de ver
sin despachar todavía,
por más que hago!—Es que la mía
la presentó mi mujer.

A. RIBOT

Casado con tres mozas en Granada
al mismo tiempo un picarón vivía.
La justicia mandó que castigada
fuese en un burro tal poligamía.
    Por las calles la plebe lastimada
preguntaba el delito; y él decía:
—Señores, me han sacado a dar doscientos...
—¿Por qué?—Por frecuentar los sacramentos.

T. DE IRIARTE

Por curar el mal de amores
que tanto me mortifica,
me dirigí a la botica
de la preciosa Dolores.
    Al verme tan afligido,
sin cobrar una peseta,
ella me dio la receta,
y la pagó su marido.

V. MARTÍNEZ

Después de angustias mortales
Bartolillo se casó
con Lucía, que parió
a los seis meses cabales.
    Y andaba con gran placer,
diciendo:—¡Si tú la vieses!
Lo que otra hace en nueve meses,
hace en cinco mi mujer.

***

Yace un astrólogo aquí,
que a todos pronosticaba,
y que jamás acertaba
a pronosticarse a sí.
    De una coz y mil molestias
matóle una mula un día:
que entiende la Astrología
al cielo, mas no a las bestias.

LOPE DE VEGA

Porque tenía razón,
quería el pobre Narciso
que se la diese Simón,
y éste dársela no quiso.
—A usted nunca le daré
la razón.—¿Y por qué no?
—Porque, si la tiene usted,
¿cómo he de dársela yo?

A. RIBOT

A su mujer, Teodoro
dijo con tono muy triste:
—Ya sé, Pepa, que me diste
pasaporte para Toro.
Y ella entonces con terneza,
replicó:—No seas así;
ésas son cosas que a ti
te meten en la cabeza.

V. MARTÍNEZ

Con un jesuíta altercando
un dominicano, cuentan
le dijo:—Nuestras doctrinas,
padre mío, son diversas.
Manga estrecha tiene usted,
y muy ancha la conciencia,
y yo al contrario: la manga ancha,
pero la conciencia estrecha.

J. DE IRIARTE

A cierto clérigo que era
madrugador impaciente,
le esperaba mucha gente
para la misa primera.
Tarde el clérigo llegó,
y al querer con mucha prisa
salir a decir la misa,
la alba de un clavo se asió.
Y aquí dijo, haciendo salva
a la gente, en pronto alarde:
—Señores, no vengo tarde,
pues vengo al romper el alba.

***

Para que sea sin mengua
más el dar que el prometer,
dos en todos suelen ser
las manos y una la lengua.
　　Pero vos prometéis vano
mucho y nada prestáis vos,
como si tuvierais dos
lenguas y ninguna mano.

F. DE LA TORRE

Un amigo en un convite,
a otro amigo preguntó:
—Del vino puro o aguado,
¿cuál le gusta a usted mejor?
　　El otro, sin detenerse
un momento, respondió:
—A mí, el vino de por sí;
pero el agua, de por no.

***

Mostrando algún sobresalto
me dijo la bella Justa:
—¿Qué es lo que a usted más le gusta,
juego de damas o asalto?
　　Yo, que no ando por las ramas,
por temor de una caída,
respondí al punto:—Querida,
el asalto de las damas.

V. MARTÍNEZ

Con dirección a Simancas
y en una burra trotona,
marchaba Juan en persona
llevando a Inés en las ancas;
　　mas la bestia dio un traspiés,
y al cruzar unos olivos,
se le fue la burra a Inés,
y Juan perdió los estribos.

***

Un peluquero aprendió
algo de frenología,
y a un parroquiano decía
cuando el pelo le rizó:
   —¡Qué órgano tan abultado!
Y el cliente respondió:
—Ese bulto me salió
después de haberme casado.

***

Viendo que el fuego, una casa
magnífica destruía,
un andaluz, cierto día,
exclamó con mucha "guasa":
   —¡Después de tantos dispendios
irse a quemar! ¡Voto va!
¿Pues no dice allí que está
asegurada de incendios?

V. MARTÍNEZ

Pepe, que adora a Leonor
con ardiente frenesí,
le pedía un dulce "Sí"
correspondiendo a su amor.
   Y ella dijo:—Si supiera
que su afecto es verdadero,
como yo también le quiero
con gran placer "se lo diera".

SIETE

Dióle a un mendigo Bartolo
un pantalón destrozado,
diciendo:—No lo he llevado
sino dos veces tan sólo.
   —¿Dos veces?—dijo el pobrete.
Y exclamó el otro:—Sí, a fe;
pero una vez lo llevé
seis años, y la otra... siete.

***

Un embuste echó evidente
tartamuda una soltera,
y yo, pues sabía quién era,
díjela astuto:—Usted miente,
    y usted misma se ha vendido
porque habla embarazada.
Y respondió la taimada:
—Siempre ese vicio he tenido.

C. NAVARRO

El sátrapa don Antonio
exclamaba el otro día:
—¡Es muy pesada, a fe mía,
la carga del matrimonio!
    Y entonces, con mucha sal,
repuso la bella Inés:
—Por eso tengo yo tres
que ayuden a mi Pascual.

V. MARTÍNEZ

Muy seria me dijo un día,
de celos mi novia muerta.
que diera por cosa cierta
que ella ya me aborrecía.
    Yo le repuse:—Pues bien:
mis cartas vuélveme, y cuanto
yo te di.—Y dice con llanto:
—¿Todo?; ¿los besos también?

C. NAVARRO

Blas, en un momento urgente
a una sorda ató la liga,
y le dijo:—Cara amiga,
vuestra pierna es excelente.
    Ella, su falte sintiendo,
respondióle triste:—Blas,
suba usted un poco más,
porque si no, no le entiendo.

V. MARTÍNEZ

Inés, infiel, como todas,
olvidó a Pedro por Pablo,
y aquél dijo :—¡Voto al diablo!,
lo que es la noche de bodas,
  he de hacer que oyendo ruidos
nunca duerman.—Mas pensó,
y exclamó al punto:—No, no ;
es mejor que estén dormidos.

SERAFÍ PITARRA

Un cuchillero moderno
dijo, triste, a su mujer:
—Voy a cerrar el taller,
porque va faltando el cuerno.
  Y ella, con suma inocencia,
le repuso:—Calma, Juan;
porque si tienes paciencia,
cuernos no te faltarán.

***

En un muladar un día
cierta vieja sevillana
buscando trapos y lana,
su ordinaria granjería,
acaso vino a hallarse
un pedazo de un espejo,
y con un trapillo viejo
lo limpió para mirarse.
  Viendo en él aquellas feas
quijadas, de desconsuelo
dando con él en el suelo,
le dijo:—Maldito seas.

BALTASAR DE ALCÁZAR

Fue a confesar un cesante,
y el cura le preguntó
si tenía bula.—No
—contestó aquél al instante—;
  pero aunque no tengo bula,
no por eso iré al infierno,
porque me evita el gobierno
los pecados de la gula.

***

Después de hacer de un paciente
un examen muy prolijo
desde los pies a la frente,
así el médico le dijo
con muy grave continente :
—De ésta le aseguro yo
que saldrá con brevedad.
Y el médico no mintió,
que al otro día salió
derecho a la eternidad.

J. RICO

Sin estudiar Medicina
se sabe con evidencia
que la retención de orina
es una fuerte dolencia.
Era uno que se quejaba
de esta grave enfermedad,
y su mujer le exhortaba
a tener conformidad.
—Acuérdate—le decía—
cuánto el santo Job pasaba.
Y el marido respondía:
—Sí pasó, pero meaba.

***

Un escultor no afamado,
pero de genio travieso,
hizo un san Antón de yeso,
poniendo su cerdo al lado.
Y entrambos, en un renglón,
explicó, prudente y cuerdo,
cuál de los dos era el cerdo,
y cuál de ellos san Antón.

J. M. VILLERGAS

Díjela a Inés:—Tus mejillas
dulces, tus dulces ojuelos
y labios de caramelos
me sacan de mis casillas.

Ella, echándose a reír,
dio en un cierto disparate,
que fue... pero tate, tate,
no todo se ha de decir.

J. Iglesias

¿Por qué las mujeres tanto
en sus adornos se esmeran?
Porque cuando están sin ellos,
muchos no quieren ni verlas.

¿Por qué las. mujeres tanto
se contristan de ser feas?
Porque si no son hermosas
todo el mundo las desprecia.

¿Por qué las mujeres tanto
se componen la cabeza?
Porque conocen lo mucho
que la tienen descompuesta.

Siete

—Dígame, señor soldado:
¿A dónde bueno camina?
—A buscar guerra esforzado,
a Italia, donde rechina.

—No hay por qué tan lejos irse,
que si Belona lo alegra,
puede en mi casa batirse,
porque vivo con mi suegra.

C. Navarro

Se hizo en la frente un chichón
de un golpe el tonto Pascual,
y en vez de causarle mal,
le fue de satisfacción.

Porque un frenólogo atento
que vio su frente abultada,
dijo con voz ahuecada:
—Éste es hombre de talento.

V. Martínez

—Coge la capa, Romualdo
—dijo Antonia a su marido—,
y a la plaza de corrido
ve a comprarme el aguinaldo.
    Si a complacerme te opones
de seguro me incomodo;
conque, así, tráeme de todo
a casa, menos capones.

                              B. RODRÍGUEZ

Antón declara que el vicio
de fumar ha desechado;
pero siempre que le encuentro,
me dice:—Dame un cigarro.
    De lo que yo he deducido
que lo que Antón ha dejado,
no es el vicio de fumar,
sino el de comprar tabaco.

                                        ***

Disfrazada Encarnación
de hombre, bajóse al Prado
este carnaval pasado,
encerrada en un simón.
    Pasó a lo lejos Donato,
y, sin hablarle siquiera,
descubrió al punto quién era...
¡Si tendría el nene olfato!

                              V. MARTÍNEZ

Postrada Juana de hinojos,
rogaba a San Saturnino,
con lágrimas en los ojos,
que odiase su esposo el vino.
    Y con tal fe lo pidió,
que el santo estuvo indulgente;
pues el vino aborreció,
y hoy sólo bebe aguardiente.

                                        ***

—De viruelas enfermó
—decía Pablo—mi tío,
y fue su mal tan impío,
que los dos ojos perdió.
   —¿Los dos no mas?—dijo Andrés.
Y contestóle el buen Pablo:
—Los dos no más. ¡Pues qué diablo!
¿Había de tener tres?

                                 ***

   Tomando el té una marquesa
con su fiel palafrenero,
le suplicó a un caballero
la acompañase a la mesa ;
   y el joven le contestó
listo y veloz como el rayo:
—En donde moja el lacayo,
señora, no mojo yo.

                A. GARCÍA TEJERO

   Buscando estaba García
una moza rica y bella
para casarse con ella,
y alegre ya cierto día:
   —Al fin topé—exclamó ufano—
con una muy singular.
Y dije:—Amigo, temprano
empieza usted a topar.

                  V. MARTÍNEZ

   De un robo considerable
se quejaba un andaluz;
y el juez dijo:—No me es dable
tropezar con el culpable,
si no me da alguna luz.
   Mas él, con risa inocente,
exclamó:—¡Cosa sencilla!
¿Con una luz solamente?...
Le daré muy prontamente...
Y le alargó una cerilla.

                                   ***

De toda la vida mía
los agüeros más siniestros,
fueron el tener maestros
de quien el buen gusto huía.

Y si bien de ellos me río,
si yo llego a tener fama,
veréis cómo alguno exclama:
—¡Ese! Es discípulo mío.

J. Iglesias

Don Pedro Astorga y Mejía
regaló un peine a su esposa,
y Juana, amiga oficiosa,
fijándose en él decía:
—Soberbio gusto ha tenido:
el peine tiene buen asta.
E Irene repuso:—¡Oh!, basta
ser gusto de mi marido.

***

La beata santurrona
que en el entresuelo habita,
tiene, según malas lenguas,
el amante en la buhardilla.
Y dice:—Tanto me encantan
las oraciones divinas,
que paso días y noches
entregada al que está arriba.

***

Más por interés que amor
quería Juan a Marica,
porque era mujer muy rica,
y víctima del candor
adoraba en él la chica.
Aquella presunta esposa
decía a su objeto amado:
—Tu dinero es de contado;
pero yo soy poderosa
con mis tierras y ganado.
Si consigo de mi tío
la licencia de casar,
dime: ¿qué puede faltar?

—Que lo tuyo, con lo mío,
lo lleguemos a juntar.

L. DE AZCÁRATE

Al infeliz ciego Juan,
cuya suerte me contrista,
prometió curar la vista
un médico charlatán.
    Quiso Juan seguir sus huellas,
y alivió el doctor sus males
con operaciones tales,
que le hizo ver... las estrellas.

V. MARTÍNEZ

Riñendo a su esposa Andrés
por yo no sé qué pecado:
—¡Calla!—le dijo, enfadado—,
animal de cuatro pies.
    Y ella, frunciendo las cejas,
dijo:—No es por injuriarte;
pero bien puedo llamarte
animal de cuatro orejas.

J. M. VILLERGAS

Baldado estaba Narciso
sufriendo la pena negra,
cuando le llegó un aviso
del funeral de su suegra.
    —Siento andar en pies de palo
—contestó con ceño adusto—;
si no estuviera tan malo,
iría "con mucho gusto".

J. M. VILLERGAS

Contemplando un niño hermoso,
que era fruto de un desliz,
la gallarda Beatriz
decía en tono angustioso:
    —¿Por qué a tan dulce caída,
el reverendo Pascual
llama pecado mortal,
si en vez de muerte da vida?

V. MARTÍNEZ

Si tu mal diera en el cura
sin que te cupiera parte,
no era menester curarte,
como el cura no se cura.
    Mas, pues el mal se te atreve
más que al cura, bebe, Inés,
la zarzaparrilla un mes,
ya que el cura no la bebe.

BALTASAR DE ALCÁZAR

Donde sus siete maridos
Cloe tiene sepultados,
para mostrar cuán amados
le fueron y cuán queridos,
    ha mandado allí escribir
que ella les dio sepultura.
Y escribió la verdad pura,
que ella los hizo morir.

J. DE MALLARA

Tiene Inés por su apetito
dos puertas en su posada:
en una, un hoyo a la entrada ;
en otra, colgado un pito.
    Esto es avisar que cuando
viniere alguno pidiendo,
si ha de entrar, entre cayendo,
si no cayendo, pitando.

BALTASAR DE ALCÁZAR

Entré, Laura, en tu jardín,
y vi una dama o lucero,
y una vieja o cancerbero,
que era su guarda y mastín.
    Es todo tan excelente,
que me pareció el vergel
que Adán perdió, viendo en él
fruta, flor, Eva y serpiente.

S. J. POLO

El día que a don Gaspar
lo declararon cesante,
le dijo doña Pilar:
—Pues, señor, desde este instante,
dejó usted de trabajar.
    Mas él, tal consuelo al ver,
pensando en el porvenir,
exclamó :—A mi parecer,
cesante quiere decir
que he cesado de comer.

J. RICO

De sesenta un solterón
a una joven vivaracha
preguntó en cierta ocasión:
—¿Cómo te llamas, muchacha?
Y ella dijo:—Encarnación.
    —Tal misterio te explicara
—repuso el sexagenario.
Y ella:—Mucho lo apreciara;
pero ya lo hace el vicario,
que tiene la voz más clara.

J. B. BALDOVÍ

De Inés el afán se encierra
en llevar largo el vestido,
y lo lleva tan cumplido
que se le arrastra por tierra.
    Honesta con gran derecho
podría llamarse Inés,
si, como cubre los pies,
cubriera también el pecho.

M. A. P.

Díjome Inés:—Esta tarde
se va a Toro mi marido.
Yo la dije comedido:
—Dios de ladrones le guarde.
    Ella se empezó a reír,
como que no lo entendía.
Ahora bien, ¿qué me querría
la taimada Inés decir?

J. IGLESIAS

Vio embarazada a Teodora
y díjole un estudiante:
—Algo corto es por delante
ese vestido, señora.
Y ella, vuelta la cabeza,
contestó con mucha sal:
—No es por falta de percal,
porque entró toda una pieza.

J. B. Baldoví

A un procurador de oficio
le dijo el patán José:
—Como me citen a juicio,
mi hombre bueno será usted.
—¡Yo hombre bueno!—Sí, a fe mía;
yo, ya me entiendo, señor:
para hombres buenos, hoy día,
cuanto más malos, mejor.

***

Braulio y una prostituta
disputaban cierto día,
y ella le dijo a su tía:
—Parta usted esta disputa.
—Ya que así me lo previenes,
partiré lo que decís;
Braulio, pues, que tome el dis;
lo demás tú... ya lo tienes.

J. B. Baldoví

Tan gran pie tenéis, Torcuato,
que poco haréis, si reñís
con alguno, y le decís:
—Yo os meteré en un zapato.
Salisteis calzado ayer
con zapato tan terrible,
que lo que juzgué imposible,
juzgo ya que puede ser.

S. J. Polo

Dorotea se sentó
cerca de Tais, cortesana,
y viéndola tan liviana,
de su lado se apartó.
    Díjola Tais :—Dorotea,
no huyas con presteza tal,
que no se pega mi mal
sino es a quien lo desea.

J. Iglesias

Un gallego poco fuerte
pedía con devoción
al bendito San Antón
le diese una dulce muerte.
    Sin duda el santo le oyó,
porque murió el otro día,
de un hartazgo que tomó
en una confitería.

V. Martínez

Iba el pobre Marcelino
por vino con dos botellas,
que estaba barato el vino;
y como eran grandes ellas,
rompió la una en el camino.
    Y era su amo un baladí,
que armó una marimorena:
—¿Cómo la rompiste, di?
—¿Cómo he de romperla? Así.
Y arrojó al suelo la buena.

***

Un maestro de moral,
muy severo y riguroso,
dijo en tono no dudoso
que era el vino un grande mal.
    —Eso sí que no es real
—le contesta don Rufino—;
lea usted el Libro Divino;
verá escrito muy formal,
que el Diluvio Universal
fue de agua, y no de vino.

Hilario Guri

El necio de Baltasar
trató de probarme un día
que el talento consistía
en saber disimular;
        mas yo dije:—A no dudarlo,
razonas con mucho peso,
y ahora caiga en que por eso
sabes tú disimularlo.

PASTORFIDO

Ayer en la plaza Eloy
vio desocupada a Rosa,
y dijo con sorna:—Hermosa,
parado está el reloj hoy.
        La moza, que no era lerda:
—Parado está, bien lo veo
—contestó dando un meneo—;
¿por qué no le da usted cuerda?

V. MARTÍNEZ

Con tantas ligas, obligas
a que se dude, Damón,
si tus flacas piernas son
rapacejos de tus ligas.
        De no poder ser casado
nos das claro testimonio,
porque, para matrimonio,
estás, Damón, muy ligado.

S. J. POLO

En cierto baile, Teodora,
dijo a un joven:—Caballero,
antes de bailar, primero
póngase guantes.—Señora,
no lo debe usted extrañar—
contestó él sin inmutarse—;
pues que el baile al acabarse,
las manos me iré a lavar.

***

Amaba el bien de la tierra
un cirujano piadoso,
y en rezar se halló dudoso,
si por la paz o la guerra.
    Mas al ver las ocasiones
que le dan Venus y Marte,
de hacer lucrativo su arte,
salió de estas confusiones.

J. IGLESIAS

Suelen decir que el nacer
es empezar a morir,
de manera que el vivir
curso de muerte ha de ser.
    Así no habrá quien decida,
discurriendo de esta suerte,
si está en la vida la muerte
o está en la muerte la vida.

Q.

Clenarda, tu cuerpo es tal,
que dicen cuantos lo ven
que en lo angosto es como el bien
y en lo largo es como el mal.
    Y tantos gustos agosta
tu trato, vista y engaños,
que por el cuerpo y los daños
te llamamos la langosta.

S. J. POLO

Por cierto lance pesado
que Blas tuvo con Colasa,
volvió bufando a su casa
sobremanera enojado.
    Su esposa, que lo notó,
le dijo:—¿Qué traes, Blas?
—Un cuerno—la respondió.
Y ella murmuró:—Eso, no;
te engañaste, que son más.

SIETE

A una manola, un marqués
dijo con dulce sonrisa:
—¿Dónde va con tanta prisa
la perla del Avapiés?
Y enseñándole el hocico,
respondió la sandunguera:
—Voy a buscar la otra acera,
no me atropelle un borrico.

***

Al confesarse contrito
un banquero muy obeso,
con mucha prudencia y seso
le preguntó Fray Benito :
—Dime, infeliz, ¿por qué robas?
Y él respondía sin ganas:
—Padre, flaquezas humanas.
¡Y pesaba doce arrobas!

V. MARTÍNEZ

—Si me pagas tú los bollos—
dijo Juan al glotón Diego—,
te convidaré yo luego
a una comida de pollos.
—Acepto.—Llenó el abdomen
de bollos, Juan el taimado,
y dióle a Diego... salvado,
que es lo que los pollos comen.

***

Don Juan buena cuenta daba
de grandes y varias cosas,
y hubo entre envidias rabiosas
quien de indocto le notaba;
pero él con garbo decía
contento a más no poder,
que no era poco aprender
del libro de cada día.

M. MORENO

Dijo su esposa a Golmayo
al volver de un picadero:
—¿Sabes que hoy, ardiente y fiero
se me encabritó el caballo?
       —Eso me importa un ardite—
repuso el otro—; querida,
diviértete, pero cuida
de que yo no me encabrite.

V. MARTÍNEZ

Tú piensas que nos desmientes
con el palillo pulido
con que, sin haber comido,
Tristán, te limpias los dientes;
       pero la hambre cruel,
da en comerte y en picarte,
de suerte, que no es limpiarte,
sino rascarte con él.

S. J. POLO

Con su primo, Blasa, un día,
jugó a la gallina ciega,
y él la cogió en la refriega
por donde menos debía.
       —Por fuerza ve el gran indino—
exclamó allí un caballero.
—No ve—dijo Blasa—; pero
ya tiene tomado el tino.

V. MARTÍNEZ

Al arrabal se murmura
que acudes enamorado,
de oculta pasión picado,
a picar cierta hermosura.
       Si esto es así, cosa es llana,
Fabio, que si acudes tal
a picar al arrabal,
eres amante almorrana.

S. J. POLO

Ayer Tais me guiñó el ojo,
hablando yo con Leonor;
y yo entre mí dije: "Amor,
¿me traerás algún despojo?"
    Mas saliendo Leonor fuera:
—¿Qué me quieres, Tais amada?—
le digo; y Tais dice:—Nada,
sólo que Leonor se fuera.

J. IGLESIAS

Entraron en una danza
doña Constanza y don Juan :
cayó danzando el galán,
pero no doña Constanza.
    De la gente cortesana
que lo vio, quedó juzgado,
que don Juan era pesado,
doña Constanza liviana.

B. DE ALCÁZAR

Tu nariz con calidad
es por su naturaleza
Símbolo de la largueza,
cifra de la inmensidad.
    Primero que tú, Beatriz,
sale tu nariz de casa,
y tan adelante pasa,
que ya pasa de nariz.

S. J. POLO

Un zapatero bebió
más de lo que es menester,
y de un palo, a su mujer
tuerta y sin dientes dejó.
    Díjole el juez:—Es preciso
que se modere otra vez.
Y él contestó:—Señor juez,
ha sido sólo un aviso.

J. RICO

Estando Blas de visita
languideció de repente,
y la señora de enfrente
preguntó:—¿Qué mal le agita?
    —Ignoro aún a estas horas
qué causas este mal tiene;
mas lo raro es que me viene
siempre que estoy con señoras

SERAFÍ PITARRA

Un casado se acostó,
y con paternal cariño
a su lado puso el niño;
pero sucio amaneció.
    Entonces, torciendo el gesto,
miróse a uno y otro lado,
y exclamó desconsolado:
—¡Ay, amor, cómo me has puesto!

J. IGLESIAS

Calentándose al fogón,
Toribio, el pasado invierno,
se movió un olor a cuerno
que infestó la habitación.
    Al punto, con ligereza,
acudió su esposa, Irene,
diciendo:—¿Qué es eso, nene?
¿Se te quema la cabeza?

***

Dijo a su criado Antón
el bolsista don Ventura :
—Mira, muchacho, a qué altura
está la cotización.
    Antón, que en trance tan fiero
nada entendió a punto fijo;
leyó el termómetro, y dijo:
—Señor, a seis bajo cero.

J. M. VILLERGAS

¿Queréis saber de Constanza
cuán casta y honesta sea?
Que ninguno la desea
que quede con esperanza.

Porque, como ella lo sepa,
luego le aplica el remedio,
sin dejar lugar en medio
donde la esperanza quepa.

B. DE ALCÁZAR

Blas llamó viejo a Mambrú,
y éste dijo:—Mientes, Blas.
—¿Cómo que miento?—No hay más,
pues soy más joven que tú.
—Yo cumplo quince años hoy.
—Déjate, pues, de simplezas;
tú, a ser joven hoy empiezas,
yo hace un siglo que lo soy.

W. AYGUALS DE IZCO

Dijo Paula a su velado:
—Si visto con tal primor,
echo mano del valoro
del dote que yo he llevado.

Él la replicó:—¿Eso sabes?
Yo cerraré bien el cofre.
Y ella dijo:—¡Ay, pobre Onofre!
¡Lo que me sobran son llaves!

J. IGLESIAS

Paseándome por el Prado
vi que se cayó una flor;
mas, al mirar, vi a Leonor
que, adrede, la había soltado.

Yo, que soy muy descarado,
me bajé y se la cogí;
al fin, otra la pedí,
que llevaba junto al talle;
y ella me repuso:—¡Calle!
¡No ve que estamos aquí!

SIETE

A cierto galán grosero,
pesado en contar su amor,
presumido y hablador,
e hijo de un especiero,
    dijo una dama:—Prudente,
sois en decir vuestro mal
un hombre muy "especial",
y habláis muy "especialmente".

S. J. POLO

—¿Cómo probarás, traidor,
que a otros hombres concedí
las finezas de mi amor
mucho primero que a ti?—
    así exclamaba Leonor.
    —Lo juraré, si porfías
y quieres que a un santo invoque—
contestó el bueno Matías—.
Por las llagas de San Roque;
si no... por las llagas mías.

J. B. BALDOVÍ

Venus se vistió una vez
en hábito de soldado,
y Paris, ya parte y juez,
dijo, de vella espantado:
    —Hermosura confirmada,
con ningún traje se muda:
¿Veis cómo vence armada?
Mejor vencerá desnuda.

DIEGO HURTADO DE MENDOZA

Que trague el otro jumento
por doncella una sirena,
más catada que colmena,
más probada que argumento;
que llame estrecho aposento
donde se entró de rondón,
          ¡chitón!
    Que el letrado venera a ser
rico con su mujer bella,
más por buen parecer de ella
que por su buen parecer;
y que por bien parecer
traiga barba de cabrón,
          ¡chitón!
    Que pida una y otra vez,
fingiendo virgen el alma
la tierna doncella, palma,
y es dátil su doncellez;
y que lo apruebe el juez
por la sangre de un pichón,
          ¡chitón!
    Mujer hay en el lugar
que a mil coches, por gozallos,
echará cuatro caballos,
que los sabe bien echar;
yo sé quién manda salar
su coche como jamón,
          ¡chitón!

F. DE QUEVEDO

    Por entrar de centinela
el buen soldado Fernando,
se despedía trinando
de su querida Manuela.
Y ella replicaba al tonto:
    —No tengas por mí tal duelo,
que, al fin, me queda el consuelo
de que "te relevan" pronto.

V. MARTÍNEZ

Contra el consorcio Alana arde,
y todo el día lo infama:
—No hay yugo más fuerte—exclama—,
de la mañana a la tarde.
    Mas, después, la misma Alana,
en la noche se desdice:
—No hay yugo más dulce—dice—,
de la tarde a la mañana.

F. DE LA TORRE

Juana espera la venida
de su marido: no entiendo
por qué no viene, teniendo
la mujer tan mal sufrida.
    Mal hecho, no se detenga,
ni pierda esta coyuntura,
si no quiere, por ventura,
venir tarde cuando venga.

B. DE ALCÁZAR

El marido de la bella
que se nos vende por fiel,
vistiéndose aquello él
que ganó desnuda ella,
    Paciente sus labios sella,
buscándole ella por eso,
entre dos plumas de hueso,
una de oro en rica trenza,
tenga vergüenza.

LUIS DE GÓNGORA

"Clice, con tanto fervor
a la confesión te aplicas,
que sólo te comunicas
a tu padre confesor.
    Suyos son tus regocijos
y suyos son tus pesares;
temiendo estoy que si pares,
han de ser suyos tus hijos."

EL CONDE DE REBOLLEDO

"Don Diego, si me creyeras,
no entregaras tu dinero
al mercader extranjero,
ni de él interés quisieras.
    ¿Qué importa... y esto te inquiete...
a tantas quiebras atento,
que te dé siete por ciento,
si él alza ciento por siete?"

M. Moreno

"Doña Ana, al verte besar
esos perrillos, me enfada,
que dama tan emperrada
muy cerca está de ladrar.
    Dame admiración tu trato,
y aunque me admiro, no yerro,
si en tu mano traes un perro
y en tu cara la del gato."

A. F. de Salas

Con palma saliste ayer;
si es de victoria, se calla,
que quien nunca entró en batalla
mal podrá, capón, vencer.
    Muy bien la palma te está;
pero si es cosa notoria,
que no es palma de victoria,
palma de virgen será.

S. J. Polo

Era Inés de Gil querida,
y ella le dio una manzana
en lo exterior bella y sana,
en lo interior muy podrida.
    Partióla y dijo:—Inés, di:
desengáñame, por Dios;
si nos casamos los dos,
¿te tengo de hallar así?

***

"Después de tu diligencia
Juan, no consigues aumento,
de que infiero el argumento
que insinúa esta sentencia:
En vano buscando va
fortuna quien no la tiene,
que, en fin, si ella no se viene,
no hay quien sepa dónde está."

M. Moreno

Al salir ayer Tomás
de cierta casa de juego,
dijo de cólera ciego:
—Quien más pone, pierde más.
Lo oyó la casada Juana,
que tiene su Cirineo,
y exclamó:—¡Quizá!, pues yo creo
que quien más pone... más gana.

V. Martínez

A una gaditana encinta
díjole el tío Lagarto:
—Cuando se esarquile el cuarto,
quiero habitarlo, Jacinta.
Y Jacinta, en tono grave,
respondió:—Bien, saleroso;
mañana pondrá mi esposo
en mano de usted la llave.

W. Ayguals de Izco

Que quebró aquel mercader,
dice el pueblo comúnmente,
y en sentido más corriente
la quiebra se ha de entender.
Si lucido y placentero
vive y queda en el lugar,
no es él quien llegó a quebrar,
sino el que le dio el dinero.

M. Moreno

Que traiga doña Doncella
consigo cierto embarazo,
y diga que es mal de bazo,
y el padre venga a creella,
y mire mucho por ella
y la riña porque bebe;
mas, al cabo de los nueve,
no tenga tanta barriga...
no sé qué me diga, diga.

LUIS DE GÓNGORA

"¿El medio deseas saber
de tener a tus criados
reverentes y enfrenados
sin tu libertad perder?
　　Tres reglas el medio son:
nunca de burlas tratarlos,
culpas tuyas no fiarlos
y pagarles la ración."

M. MORENO

"Clice, como acompañada
siempre de "padres" te vi,
inadvertido creí
que estabas desahuciada.
　　Desmienten tus ojos bellos
este temor, y aun entiendo
que siempre te estás muriendo,
y es que te mueres por ellos."

EL CONDE DE REBOLLEDO

Juan, malnacido llamó
a un hidalgo corcovado;
él, sintiéndose agraviado,
grande querella formó.
　　Mas dejóle satisfecho
Juan, como bien entendido,
diciendo:—No es biennacido
hombre que nació mal hecho.

M. MORENO

—¡Qué frío tengo—decía
Luisa, y a mí se arrimaba
no estando en casa su tía;
pero yo la replicaba:
—Pues no está esta sala fría.
  De que yo no la entendiera
ella se empezó a aburrir;
y es que la Luisa quisiera
que yo mismo la dijera
lo que ella pensó decir.

J. IGLESIAS

De singular alabar,
Filis, tu hermosura impura,
fuera no ser tu hermosura
común, siendo singular.
  Que en muchas, si es con torpeza
fea a la belleza escuchas,
porque es la fealdad de muchas
ser de muchos la belleza.

F. DE LA TORRE

Entrando el griego escuadrón
en el caballo Troyano,
consigo llevó, no en vano,
al médico Macaón:
  Para que si algo en la ruina
de Troya a vida dejase
el hierro o fuego, acabase
con ello la medicina.

J. DE IRIARTE

Con resolución honrada
de hacer cara a tu enemigo,
le diste, Fabricio amigo,
ayer tarde una palmada.
  Tan valeroso anduviste
que, a lo que el caso declara,
no sólo le hiciste cara,
pero se la deshiciste.

A. J. DE SALAS

De una monja endevotado
estaba abrasadamente
don Diego, y de impertinente
su desvelo era notado.
    Dijo Antón:—Ya que ese empleo
no es de gusto ni cordura,
es pecado de gran dura,
pues no se gasta el deseo.

M. Moreno

Preso y doliente el célebre Quevedo,
de aguda enfermedad convalecía,
y el abad de San Marcos le brindaba
caldo de transparencia cristalina.
—Valiente caldo—exclama don Francisco—;
¡valiente, bravo caldo!—repetía.
—¿Por qué es valiente?—le preguntó el monje.
—Porque no tiene nada de "gallina".

***

Dulce en el principio asiste,
y en el fin amargo Amor ;
que de Venus el ardor
viene alegre y se va triste.
    Así en los ríos que al mar
se conducen, suele ser
dulce el principio al correr,
amargo el fin al parar.

F. DE LA TORRE

En escrupulosa da
Clice con extremo tal,
que en pecado venial
un solo instante no está.
    Infúndele tanto horror
la muerte, siempre temida,
que por morir prevenida
duerme con su confesor.

EL CONDE DE REBOLLEDO

Cierra la puerta, Rufina,
porque de no estar cerrada
no te halles malograda
como tu hermana Marina.
    Pero, si no tienes gana
de cerrar y de encerrarte,
debes querer malograrte
como Marina tu hermana.

B. DE ALCÁZAR

Presumes mucho de honrado,
y no pagas lo que debes;
antes a don Luis te atreves
porque cobrar ha intentado.
    Yo te quiero aconsejar
que si honrado quieres ser,
hagas, pagando el deber,
y no el deber, sin pagar.

M. MORENO

Al andaluz más valiente
de todos los andaluces,
cuya Charpa omnipotente
pobló estos barrios de cruces,
    Cierta noche a la una dada
en el Conejal hallé;
me miró, yo le miré...
y se fue sin decir nada.

J. IGLESIAS

Cierta vieja que creía
en duendes y apariciones,
se fue a mirar cierto día
en el espejo sus dones.
    Se aproximó... y no hizo más
la buena de doña Ciara;
luego exclamó:—Satanás,
huye.—Y hablaba a su cara.

V. MARTÍNEZ

Tu padre, según creí,
cuando te engendró, es preciso
que procrearte no quiso,
sino recrearse a sí.
    Si al intento, en quien dar vi,
más que al don, se ha de atender,
y dar, no es dar, sin querer,
a tu padre, a mi juzgar,
pues no te le quiso dar,
no le deberás el ser.

F. DE LA TORRE

Llora su pena y enojo
tiernamente Catalina,
y llóralo la mezquina
solamente con un ojo.
    Si quiere saber alguno
que la causa de ello ignora
por qué con un ojo llora,
porque no tiene más de uno.

B. DE ALCÁZAR

Díjole Marcos a Juana:
—¿Sabes que estoy antojado
por comer un buen guisado
de caracoles mañana?
    —Siempre estás tú de manías.
si eso, y el beber cerveza
se te sube "a la cabeza",
¿a qué pides gollerías?

J. M. PALACIOS

Llora don Luis la licencia
de sus versos voluptuosos.
¡Escritores licenciosos!,
haced como él penitencia.
    Yo, que afeo sus pecados,
ruego a Dios que olvide allá
sus poemas, como acá
son de todos olvidados.

R. J. DE CRESPO

Hace, don Luis, tu vecina
mucha fuerza en que es doncella,
y yo no acierto a creer en ella,
ni a tal mi estrella me inclina.
Alumbra más que la esfera
de diamantes adornada:
calle tan bien empedrada
no hay duda que es pasajera.

A. J. DE SALAS

El chiste más excelente
que en mi vida pensé oír
me contó Inés, y escribir
se lo mandé a mi escribiente.
Fue el caso... mas él notó
que iba el principio mal puesto;
pensé enmendarlo, y con esto
el chiste se me olvidó.

J. IGLESIAS

¿Es que no te cansas, loco,
de besar tanto a María?
—Tal quiero a la prima mía,
que aún me parece poco.
—¡Válgame Dios por los primos!
Mi mujer es, y aún con eso
ni la mitad yo la beso:
me voy por no ver tus mimos.

C. NAVARRO

Puso Inés a Blas querella
que falló en su pro el Juzgado,
porque, siendo Blas soldado,
durmió en Valencia con ella.
Mas Blas, por su buena estrella,
logró anular la sentencia,
probando hasta la evidencia
con argumentos no flojos,
que aquella noche en Valencia,
no pudo pegar los ojos.

A. BELADIER

Bramó el gato de una viuda
en enero, y el porqué
preguntó su niña aguda;
la madre dijo:—No sé;
dolor de muelas, sin duda.

Quejóse ella cierto día
de la viudez sin cautela,
y su niña, que la oía,
dijo triste:—Madre mía,
¿le duele a usted alguna muela?

J. M. VILLERGAS

Retratábase Narcisa,
y así le hablaba al pintor:
—Ponedme hermoso color,
blanca tez, boca de risa,
los ojos negros... ¿A ver?
¿De veras soy así yo?
Y el pintor la dijo:—No;
así es como queréis ser.

***

Preguntó a un joven Tomasa
ayer tarde en el paseo:
—¿Qué mal te hice, Timoteo,
que no has vuelto por mi casa?

Y él, reprimiendo su enojo,
después de una breve pausa:
—¿Ves—le dijo—que ando cojo,
y aún me preguntas la causa?

J. B. BALDOVÍ

—Confiese, hermana beata,
sus culpas.—Confíteor Deo
que tuve un torpe deseo.
—Ayune un mes, timorata.
—¡Laus tibi Christe! Es de sobra.
¡Por el deseo un mes de ayuno,
cuando impone el padre Bruno
medio no más para la obra!

C. NAVARRO

Cierta noche que Pilar
de dormir tuvo deseo,
dijo:—Quisiera ya estar
en los brazos de Morfeo.
Lo oyó una beata, de estas
gruñonas en demasía,
y exclamó:—¡Qué deshonestas
son las muchachas del día!

V. Martínez

Juraron Ruperto y Petra
amarse de corazón;
mas se ausentó aquel bribón,
pasó un año, y ni una letra.
Ella, al ver que su Ruperto
no daba señal de vida,
le escribió muy decidida:
"Dime al menos que te has muerto."

R. Gaula

Cuanto más sabio es el hombre,
más conoce su ignorancia,
y el necio, con arrogancia,
nada encuentra que le asombre.
Por lo cual, sin vacilar,
debo afirmar que el estudio
es de ignorancia el preludio,
pues ser sabio es ignorar.

Siete

Sostiene con mucho afán
mi amigo don Desiderio,
que es, por lo grave y lo serio,
hombre de peso don Juan.
Yo digo que, bien mirado,
la razón le sobra en eso;
pues si no es hombre de peso,
es al menos muy pesado.

M. Pastorfido

Admiróse un portugués
de ver que en su tierna infancia
todos los niños en Francia
supiesen hablar francés:
—Arte diabólica es—
dijo, torciendo el mostacho—
que para hablar en gabacho
un fidalgo en Portugal
llega a viejo y lo habla mal,
y aquí lo parla un muchacho.

N. F. DE MORATÍN

Es conducido a la hoguera
el hereje don Simplicio,
a quien halló el Santo Oficio
cierto libro mahometano.
Dice un vinatero:—¡Ay!,
de eso estoy libre: en mi casa
todo es cristiano... y aún pasa
de apostólico y romano.

C. NAVARRO

—¡Me has robado, y a presidio
por ante mí irás, ladrón!—
así grita un escribano,
y dice el que le robó:
—Yo con santo fin lo hice.
—¡Con santo fin!—Sí señor;
por haber gracia en el cielo
de cien años de perdón.

C. NAVARRO

A un tunante de esta corte
hizo un sastre una levita,
y con bondad infinita
le pidió luego su importe.
—¡A mi bolsillo tal plaga!—
contestó aquél muy erguido—;
¿usted acaso no ha oído
que el que la hace la paga?

V. MARTÍNEZ

Cayó Inés: yo no lo niego
que los pies le vi a Inés,
porque con aquellos pies
hice aquesta copla luego:
    "En tierra, mi cielo, estás;
contigo en tierra, ¿quién dio?
—¿Quién dio?—Inés respondió...
No dice la copla más.

LUIS DE GÓNGORA

Dije ayer al padre Arenas:
—¿Do vais tan ligero, dónde?
Y veis aquí que responde:
—A oír pláticas obscenas.
    —Pues he de ver con quién tratas—
díjeme para mi adentro.
Conque lo busqué, y lo encuentro
confesando a las beatas.

C. NAVARRO

Se me desbocó el caballo,
que no hay un bicho más fiero;
dio tres saltos de carnero:
hizo diabluras que callo.
    Por cien collados rodó
sin tirarme; solamente
tirar logró a mi asistente,
que él era quien lo montó.

A. RIBOT

Supe ayer, que cicatero
y ansioso de ver metal,
iba a mudarse al portal
de la Bolsa, mi barbero.
    Y le animé con ardid;
porque juzgo que sería
digna muestra una bacía
de la Bolsa de Madrid.

J. M. VILLERGAS

"Aquí los restos están
de la casta doña Bruna",
decía cierto letrero
a la puerta de la Inclusa.
    Y oyendo yo un batallón
de chicos, metiendo bulla,
dije:—Si éstos son los restos,
¿cuál será toda la suma?

J. M. VILLERGAS

—Me acuso, padre Jacinto,
de violar el mandamiento
que viene detrás del quinto.
—Rezad de credos un ciento.
    —Mas es justo que a cincuenta
partamos entre los dos,
porque...—¡Chist!, calla; Vicenta,
los partiremos... Adiós.

C. NAVARRO

Al Liceo fué Blasillo,
que es un patán de primera,
y vio un drama en que saliera
un hermoso pajecillo
y una linda camarera.
    —Ya me gusta—dijo Blas—
el paje que bien trabaja;
pero prefiero la paja...
—Pues de ésta no comerás—
replicó un chusco en voz baja.

***

Paula a Andrés mil fiestas hizo,
a quien cazar pretendía;
y de condición de erizo,
y frialdad de granizo
juguetona le argüía:
    —Cállate tú, buena maula—
Andrés la empezó a decir;
mas enternecióse Paula;
Andrés lo llegó a sentir,
y por fin cayó en su jaula.

J. IGLESIAS

El día que se casó
con Celedonio, Nemesia,
en el umbral de la iglesia
con un cuerno tropezó.
    Al punto le levantó;
tentóla Dios o el demonio
por dárselo a Celedonio,
y al soltarle de sus garras
dijo:—Te entrego esas arras
en señal de matrimonio.

J. M. VILLERGAS

    —¡Dumingu!—a un astur ruin
gritaba Fermín un día—,
¿duermes?—Y el otro decía:
—No duermu, primu Fermín.
—Pues hazme un favor corriendu.
—¿Se ofrece alguna cosiña?
—Préstame una pesetiña.
—Quita, primu; estoy durmiendu.

***

    Con Inés salí a pasear,
y ella, poquito a poco iba,
cuando con voz compasiva
así me empezó a rogar:
    —Blas, si no te da molestia,
pues esta liga me aflige,
aflójamela.—Y la dije:
—Me cautiva esa modestia.

J. IGLESIAS

    Un hijo de frágil madre,
del bajo linaje hablaba
de Gil, y le preguntaba:
—Dinos, pues, ¿quién fue tu padre?
    A lo que Gil respondió:
—¿Si a ti aqueso te pregunto,
qué dirás cuando ese punto
tu madre no le aclaró?

J. IGLESIAS

Cuando soltera María
juraba a cada momento,
que ningún impedimento
para casarse tenía.
    Casóse con ella Bruno,
el que hoy, a toda la gente
dice que, efectivamente,
no le ha encontrado ninguno.

V. MARTÍNEZ

Viendo a la muy gorda Juana
Blas, que no la conocía,
—¿Quién es?—preguntó; y Lucía
dijo que su media hermana.
    Él, que el bulto considera
de la cabeza a los pies,
dijo:—Si ésta media es,
¿cuál fuera a ser toda entera?

M. MORENO

Dulce es "morir" por la patria,
es verdad; lo juro y creo;
pero "vivir" de la patria
por mucho más dulce tengo.

***

Motejaron a un soldado
de que, con impropio alarde,
seguía a Venus cobarde
más que al fiero Marte osado.
    Él replicó:—¡Linda charla!
Antes obró muy prudente;
pues Venus sabe hacer gente,
y Marte sólo quitarla.

J. IGLESIAS

Dicen que don Rafael
hace en la corte papel,
y debe ser positivo,
porque el papel en que escribo
se lo he comprado yo a él.

V. MARTÍNEZ

El pobre con el pesar,
y el rico con el poder,
uno envilece el saber,
y otro dora el ignorar.
    Más que el sabio en su estudiar,
sabio al rico le acomodo;
porque con ceñido modo,
el saber, a mi entender,
tan sólo sabe a saber,
y el dinero sabe a todo.

F. DE LA TORRE

Ardiendo un marido en celos,
de coraje se arrancó
un gran puñado de pelos,
y en el brasero lo echó.
    La mujer lo vio encendido,
y hurgó con sumo cuidado,
diciendo:—¿Qué habrá caído,
que huele a cuerno quemado?

J. M. VILLERGAS

De que el señor cura tenga
por ama una moza alegre,
siendo mejor una vieja
para que su ajuar gobierne:
    ¿Qué se infiere?
De que en casa del letrado
se mantenga más la gente
con el buen parecer de ella,
que no con sus pareceres:
    ¿Qué se infiere?
De que el sastre a su mujer
diga que faltan quehaceres,
y que busque ella por sí,
modo para mantenerle:
    ¿Qué se infiere?
De que una niña se ponga
opilada algunos meses,
y nunca de nueve pase,
y siempre a los nueve llegue:
    ¿Qué se infiere?

J. IGLESIAS

Viéndose puesta en olvido,
Beatriz a Blas dio quejas,
diciéndole:—Fementido.
¿Si en invierno me has querido,
por qué en verano me dejas?
   Mas él, por darla más pena
dijo:—Paciencia, Beatriz,
pues me eres, como el tapiz,
sólo para invierno buena.

J. IGLESIAS

Cansado de regalar
a Laura don Pedro, hacía
cuenta de lo que podía
con ella al año gastar.
   Habiéndolo bien sumado,
dijo al exceso quejoso:
—¡Oh, qué gusto tan costoso;
pues aún se debe el pecado!

M. MORENO

Veinte años atormentado
vivió Diego en matrimonio;
enviudó, y su amigo Antonio
trató darle el mismo estado.
   Instado en que resolver
se quisiese:—Ya lo estoy—
dijo—, mas pensando voy
si podrá ser sin mujer.

M. MORENO

Para causarme zozobras
con tu hiel y tu amargura,
andas buscando en mis obras
algo digno de censura.
   Yo, algo digno de alabanza
quiero en tus obras hallar,
y el perder ya la esperanza
es lo que me da pesar.

R. J. DE CRESPO

Conmigo Inés se jugaba,
y viendo yo que indecisa
en decir su amor estaba,
decíala:—Inés, acaba;
¿qué tienes que estás remisa?
    —No, Pepe—dijo—; que eso es
dar poco indicio de casta.
Y yo dije:—Basta, basta;
ya estás entendida, .Inés.

J. IGLESIAS

Ufano y desvanecido
vive Antón de su saber,
hasta llegar a creer
que no es de alguno excedido.
    Pero, aunque mucho se alabe,
más precio, por mi decoro,
lo que yo pienso que ignoro,
que lo que él piensa que sabe.

M. MORENO

Una vieja se moría,
y el marido, de ayes harto,
entrar a verla en el cuarto
a viva fuerza quería.
    Y viéndose detener por
amigos, clama al cielo:
—¡Dejad, que siempre es consuelo
ver morir a su mujer!

R. J. DE CRESPO

Riendo Inés con Antón
de hito en hito le miraba,
sin que supiese el simplón
lo que esta risa indicaba.
    Mas lo que de risas tales
se le vino a originar,
no lo puede Antón negar,
que aún se le ven las señales.

J. IGLESIAS

A un muy paciente casado
cuyo oficio es ser paciente,
un su amigo impertinente,
acusó de descuidado.
    Pero él, que a desvelos justos
se adormece y se reporta,
dijo:—Es la vida muy corta,
y no es bien gastarla en sustos.

M. Moreno

Pulsando un doctor de nombre
a un hombre en Torrelaguna,
dijo:—¡Imposible que este hombre
llegue a la próxima luna!
    Y el hombre, arrugando el ceño,
dijo:—Razón no le falta;
porque yo soy muy pequeño
y la luna anda muy alta.

J. M. Villergas

Mi censor, nimio a mi ver,
hallar en mi obra procura
algo digno de censura,
y al fin logra ese placer.
    Yo, indulgente más que justo,
en sus obras quiero hallar
algo que pueda alabar;
pero no logro ese gusto.

R. J. de Crespo

Mostróme en su guardapiés
Inés, y hecha una jalea,
me dijo:—Juan, de aquí a un mes
me casan.—Díjela:—Inés,
en hora feliz te sea.
    Mas ella se deshacía,
y con gran sigilo a hablar
comenzó, y cauta decía:
—Mira, Juanito, aquel día,
¡oh, y lo que hemos de bailar!

J. Iglesias

Vender vi en una feria
de ciervo un cuernecito,
con su engaste de plata
asaz mono y pulido.
Pedí al platero el precio,
y él, liberal y fino,
por lo que quise darle,
darle sin tardar quiso.
Cogíle, y a mi casa
llevé el dije conmigo,
y a mi mujer le ruego
le acepte por ser lindo.
Ella exclamó riendo:
—¡Válgame Dios, marido!
¿Quién compra lo que tiene
de sobra en su recinto?
Si de vender hubieras
de aquestos dijecillos,
no bastara una Lonja
ni un pueblo a consumirlos.

J. IGLESIAS

Se acabó de confesar
la sobrina del vicario,
y empezó contrita a orar
al pie del confesonario.
Y aún el padre repetía:
—La castidad te interesa.
Al tiempo que ella decía:
—Me pesa, Señor, me pesa.

J. M. VILLERGAS

Un médico, en una calle
el santo suelo besó;
es decir, que se cayó
de una mula alta de talle.
Empezábale a zumbar
la gente que andaba allí,
y él dijo:—Así como así,
yo me iba luego a apear.

J. IGLESIAS

En la hermosa exposición
que en el Carmen se mostraba,
un matrimonio fijaba
en un toro la atención.
    —¡Lindos cuernos!—de repente
dijo riendo el marido.
—Pues mejores hay, querido.
Y le miraba la frente.

***

Di a un pobre, y es lo común,
de calderilla un puñado;
y gritaba :—No he sacado
para un panecillo aún.
    —Pues qué, ¿no basta ese cobre—
dije—para un panecillo?
—Es que esto—repuso el pobre—
es para echarme un cuartillo.

J. M. VILLERGAS

Hablando dos cirujanos
de enfermos de gravedad,
que los creían ya sanos
y eran en la eternidad,
dijo el uno con ardor:
—Curas de tan gran valor
las hago todos los días.
—Doy fe, señor don Matías—
contestó el enterrador.

***

Hablando con una tía
más alegre que un tambor,
la dije:—Vos, Rosalía,
siempre con tan buen humor.
    Y uno con pierna de palo,
que pasaba por allí,
gritó:—No lo tuvo malo
para hacerme andar así.

V. MARTÍNEZ

Notó Inés que trastejaba
cierto albañil con su hijo
un pajar, y éste a aquél dijo
que muy bueno no quedaba.
El padre a risa lo toma,
y dice:—Yo bien lo haré;
pero, hijo mío, ¿de qué
quieres que mañana coma?

J. IGLESIAS

Al arrancarme cruel
una muela un cirujano,
sin querer alcé la mano
y le saqué un ojo a él.
Yo llegué a temer su enojo,
y él exclamó:—Bagatela...
En teniendo yo esa muela,
lo de menos es el ojo.

***

Moviendo a compás la saya
con su atavío completo,
a una maja vio un paleto
y la dijo:—¡Adiós, tocaya!
La moza le respondió,
puesta en jarras y con sal:
—Ascuche osté, so costal,
¿me llamo "Bárbara" yo?

***

A encerrar un gato pardo,
que mayaba en el desván,
subieron con grato afán
Concha y su primo Bernardo.
Sin duda, al primer encuentro,
la niña cogió al tal gato,
porque exclamó de allí a un rato:
—¡¡Madre... ya lo tengo dentro!!

J. B. BALDOVÍ

Hallando un juez en las salas
de la Audiencia a un abogado,
dijo:—¿A qué, señor letrado,
defiende causas tan malas?
    —Lo hago—dijo—a duras penas.
—Pues elige usted mal medio
para medrar.—¡Qué remedio!
¡He perdido tantas buenas!

Al joven que con su niña
vive en vicio encenagado,
y al cabo se ve robado
de estas aves de rapiña,
pegándosele cual tiña
el mal que vino de Francia,
no le arriendo la ganancia.
    Al maridillo impotente
en quien manda su mujer,
dejándose someter
a su dominio el paciente,
mostrándonos en su frente
símbolo de tolerancia,
no le arriendo la ganancia.

J. IGLESIAS

    —Lo más sólido es el plomo.
—Es el hierro.—No señor.
—¿Qué apuestas?—Es un error.
—Que no.—Que sí.—No.—Sí.—¡Cómo!
    La disputa al entender
terció, diciendo un casado:
—Si lo sólido es pesado,
nada como la mujer.

C. NAVARRO

Con aire de gran señor,
dijo un casado a Perico:
—A ciertas mujeres, chico,
las conozco en el olor.
    Pedro, que en su casa ha entrado,
dice al punto:—Entonces, Blas,
siempre que a tu casa vas,
debes estar resfriado.

Un libro es la vida amarga
do es prefacio la niñez,
apéndice la vejez
y la fe de erratas larga.
Ello hay en cada renglón
error a que el lujo cede:
lo peor es que no se puede
hacer segunda edición.

R. J. DE CRESPO

A un cartero muy gachón,
dijo una moza atrevida:
—No echaréis, en vuestra vida,
una carta en mi buzón.
Y al ver su mucho resuello,
respondióla aquél:—¡Ay, Blanca!,
cuando tú eres tan "franca",
alguien te habrá puesto el "sello".

V. MARTÍNEZ

Hizo un cestico Ramona,
de paja sólo compuesto;
yo exclamé al ver el tal cesto:
—¡Jesús, qué cosa tan mona!
Y su tía Encarnación
añadió algo cabizbaja:
—En siendo cosa de... paja,
las hace con perfección.

J. B. BALDOVÍ

Aplazó Juana a su novio
un favor, que no era bueno,
para ocasión oportuna.
Llama él un día recio
a la puerta, y ella dice:
—Modo, señor caballero;
más política, si os place,
que está mi mamá durmiendo.

C. NAVARRO

Decía a cierto empresario
de teatros, hombre agudo,
un cantante estrafalario
que andaba casi desnudo :
     —Es mi voz tan exquisita,
que hago de ella cuanto quiero.
—Pues, hombre—exclamó el primero—,
hágase usted una levita.

***

Contándome ayer Lucía
el cuento de los compadres
que oyó a Blas, cuando sus padres
fueron a una romería,
     muchas veces lo empezó,
rió y volvió a proseguir...
Y en comenzarlo y reír
la tarde se nos pasó.

J. IGLESIAS

     —Señor vicario, le pido
que me divorcie—decía
Juana—, porque mi marido
me maltrata cada día.
     —Cierto será; pero extraño
no verte golpes jamás.
—Es, señor, que todo el daño
me lo causa por detrás.

M. C.

     —¿Qué es eternidad?—decía
un cura que predicaba,
las ideas farfullaba
y las cosas repetía.
     —¿Qué es eternidad?—gritando
cinco veces preguntó.
Y una mujer respondió:
—Nuestro cura predicando.

R. J. DE CRESPO

—Pedro, dime la verdad:
¿Por qué siendo tu mujer
más mala que Lucifer
la nombras "cara mitad"?
   —Tan fácil es la respuesta,
que cualquiera la encontrara.
No es cariño decir "cara":
es decir lo que me cuesta.

                                          ***

Cuando Filomena y Blas
tocan dúos de flautín,
he observado que hacia el fin
apresuran el compás.
   Preguntóles don Tomás
el motivo, y con sarcasmo
dijéronle:—El entusiasmo
que sentimos, nada más.

                              J. S. PARRA

Una dama de la corte
mandó su salón pintar,
sin reparar el importe;
y el artista, al dibujar,
hizo un Cupido en el Norte.
   Tuvo la dama un disgusto
viendo desnudos aliños,
y al pintor, con ceño adusto,
le dijo:—Pinte a su gusto,
pero no me haga usted niños.

                                  SIETE

Se dolía Antón ayer
de ver que en su casa entraba
un joven, que visitaba
siempre a su cara mujer.
   Mas ella así le decía:
—No te quejes de Rafael,
pues tan sólo estoy con él
dos o tres veces al día.

                        EVARISTO AMORÓS

Cuál es el más verdadero
amigo, Fabio, preguntas;
y una a tantas cosas juntas
sola responderte quiero.
    Mira, cuando hayas dejado
el gran puesto en que te veo,
si alguno te asiste; y creo
que entonces le habrás hallado.

M. MORENO

—Búscame mujer hermosa,
en salud y alcurnia buena,
de talento y gracias llena,
rica, honesta y hacendosa,
    que en todo sepa agradarme,
que en todo me satisfaga,
y entonces puede que haga
la locura de casarme.

***

Joaquín, con ferviente empeño
pidió a su vecina un día,
un favor, estando solos,
de que se rió la vecina.
    Mas, no obstante, el galopín
consiguió lo que anhelaba,
y al despedirse, por fin,
no reía, que lloraba
la vecina de Joaquín.

JOAQUÍN NIN Y TUDÓ

A mi amigo Facundo, cierto día
un médico decía:
—Entre cuantos enfermos he asistido,
nunca a ninguno he oído
de mis curas quejarse;
y esto, en verdad, es cosa de admirarse.
Y respondió Facundo:
—Es que van a quejarse al otro mundo.

***

Gritaba, rabiando, Antonio,
por no sé qué tontería;
y su padre le decía,
dándose al mismo demonio:
    —¡Imbécil! Toma experiencia
de tu padre; en este mundo,
no lo olvides un segundo,
todo requiere paciencia.

M. C.

Gaspar contrató a un pintor
para que le retratara,
diciendo que le sacara
los ojos bien por favor;
no pudo hacerlo mejor
aquel pintor singular,
pues hizo ciego a Gaspar,
y al retratarle sus ojos,
satisfizo sus antojos
de querérselos sacar.

***

    —Caros vendes tus favores—
a su maja uno decía,
la cual melones vendía
en la plaza de Herradores.
    Picóse de esto la maja,
y en acento dulce y blando
gritaba de vez en cuando:
—A cuarto vendo la raja.

G. Martínez

Para engañar fementido,
y nunca ser engañado,
es remedio el más probado,
no creer, y ser creído.
    Y para gran simple ser,
y desdichado hablador,
es el más lindo primor
no ser creído, y creer.

F. de la Torre

Que el cura, en agrio sermón,
no ataque la "seducción",
    es novedad;
que el que este vicio deplora
tenga un ama "seductora",
    no es novedad.

Que Blas se case con Blasa
porque es mujer de su casa,
    es novedad;
que lo haga por poseer
la casa de su mujer,
    no es novedad.

Que al "latrocinio" almas tercas
la apelliden "manos puercas",
    es novedad;
que en tal caso haya escribanos
con mucha roña en las manos,
    no es novedad.

Que mientras celoso sea
Juan hambriento no se vea,
    es novedad;
mas si olvida su decoro,
que engorde y parezca un toro,
    no es novedad.

J. M. VILLERGAS

Cierto frenólogo a un cura,
después de haberlo observado,
dijo:—El órgano llamado
de la filogenitura,
tiene usted muy pronunciado.

—Ahora veo que son fijos—
dijo el cura—esos arcanos;
pues en el pueblo y cortijos,
"padre" me llaman los hijos
de todos mis parroquianos.

B. RODRÍGUEZ

A un sastre dijo Pascuala:
—Tiene usted buena tijera.
Y aquél respondió:—No es mala—
sonando la faltriquera.

—Mi tijera es una treta,
yo no sé si lo hace Dios;
si dan para una chaqueta,
suele cortar para dos.

A. García Tejero

Cuerda que de reja a reja
atada, cruza la calle,
para a quien pasa estorballe,
a débil ley se asemeja.

Porque este inútil trabajo,
¿a quién se ve que comprima?
¿Al grande? Salta por cima.
¿Al chico? Cuela por bajo.

R. J. de Crespo

Cualquier elogio me aplasta
que cada hija de su padre
en pro de su casta gasta :
pues mal pega eso de "casta"
en la que quiere ser madre,
y nunca madre abadesa;
    ¡chúpate esa!
¡Mala polilla, mal rayo
con los papeles que han sido
trocados en el ensayo!
Ya hay marido que es lacayo,
y hay lacayo que es marido
de su señora duquesa;
    ¡chúpate esa!

J. M. Villergas

Cierto alguacil que rondaba,
solos a Thais y a otro halló;
y ni a Thais presa llevó,
ni al que con Thais solo estaba.
    Dudan hoy gentes curiosas
si en él esta acción propicia
fue liviandad o codicia,
y yo juro que ambas cosas.

J. IGLESIAS

A una de rubio cabello
dijo Avelino en el piano:
—Después del vals de Venzano,
¿quieres que te toque aquello...?
    Y ella, amable como es justo
a tan rendida fineza,
contestóle al punto:—Empieza,
que me darás mucho gusto.

SERAFÍ PITARRA

Mostróme Inés por retrato
de su belleza los pies,
yo le dije:—Eso es, Inés,
buscar cinco pies al gato.
    Rióse, y como eran bellos,
y ella por extremo bella,
arremetí por cogella,
y escapóseme por ellos.

B. DE ALCÁZAR

Buscó a fin de no pagarme
un tramposo de por vida en
un letrado salida
para la deuda negarme.
    Al fin consiguió su intento
mi deudor, y de contado
pagó más al abogado.
¡Qué justo agradecimiento!

J. IGLESIAS

Al ver a la bella Rosa
perdió Mariano su calma.
y dijo con fuego:—Hermosa,
te adoro con toda el alma.
    Y ella exclamó con desdén:
—¿Qué adelanto yo con eso,
si no me adoras, camueso,
con todo el cuerpo también?

V. Martínez

Un mancebo se casó
con una joven sencilla,
y dormido le metió
en la boca una rodilla.
    La joven, sobresaltada,
dijo:—¿A ver si está usted quedo?
Yo no estoy acostumbrada
a chupar a nadie el dedo.

***

Elisa, cuando bailaba,
con su primo Juan Antonio,
le hablaba del matrimonio,
y por qué no se casaba.
    Ella contestó:—Ya sé
lo que puede dar de sí;
no hace mucho que lo aprendí
con el vicario José.

Un autor compuso un drama,
que era, a su ver, maravilla,
y con buena fe sencilla
quiso leerlo a cierta dama.
    Ella dijo:—Espere usted;
para escuchar su lectura,
buscaré mejor postura...
Y hacia la cama se fue.

J. S. Parra

Un quinto en cierta comarca
disminuyendo tres dedos,
a fuerza de mil enredos,
gritó:—No llego a la marca.
Notólo el corregidor,
y dijo:—Estírate aún.
¿No has de llegar, si eres un
tuno de "marca mayor"?

V. Martínez

De cincuenta años de edad
parió Claudia un infanzón,
y aunque estuvo en opinión
no es del todo novedad.
Si bien el pueblo juzgó,
pues de ella se debía huir,
que hizo mucho en el parir,
pero más quien la empreñó.

M. Moreno

Viendo llorar con despecho
en la calle a Salomé,
le dije:—¿Qué tiene usted?
Descúbrame usted su pecho.
Ella, que es de buena masa,
respondió muy tiernamente:
—¡Hombre! Aquí nos ve la gente,
se lo enseñaré a usted en casa.

Un hombre muy preguntón,
al hablarle de una chica
me dijo al punto:—¿Es muy rica?
¿Está en buena posición?
—Sí, señor—repuse al tal—;
está de dinero llena,
y su posición es buena,
casi siempre horizontal.

V. Martínez

Un miserable poeta
suplicó a un célebre vate
censurase una cuarteta,
que era, en todo, un disparate.
  A una exigencia tan vana,
repuso éste con enojo:
—Preséntese usted mañana,
que ya le habré echado el ojo.

L. AZCÁRATE

Conozco que es mucha cosa
la mujer que se me ofrece;
mas, despacio, que merece
pensarse el tomar esposa.
  Si aun entre gente advertida
es muy común el errarlo,
prudencia será pensarlo
mientras durare la vida.

R. J. DE CRESPO

Jamás hallé en Diccionario,
ni otros libros que he leído,
quien me declare el sentido
de la "fe" de un secretario.
  Esta "fe" unos, lo primero,
dicen: "verdad" significa;
otros, que "mentira" indica;
y yo digo que "dinero".

J. IGLESIAS

A un oficial de resguardos
llorando a más no poder,
le reprende su mujer
por andar a picos pardos.
  Y él, que sus sospechas traga,
y hechos con hechos confronta,
tierno, le dice:—Anda, tonta,
amor con amor se paga.

J. M. VILLERGAS

Pidióle a Narciso un día
el mentecato Gaspar,
un libro donde encontrar
reglas para la poesía.
—Ya está cumplido su intento—
dijo al dárselo Narciso—;
mas lo que ahora es preciso,
es que busque usted talento.

M. Pastorfido

Un día de Carnaval
dijo a su esposa Isidoro:
—Pienso vestirme de moro,
porque no estaré muy mal.
—¡Hombre! Es idea oportuna—
repuso aquélla contenta—.
Ya verás qué bien te sienta ;
te pondré la media luna.

V. Martínez

Mostróme Beatriz su lecho
con colcha azul, fleco y randa,
y yo, viéndola tan blanda,
dije para mí:—Esto es hecho.
Luego, aparte me llamó,
y dijo junto a un baúl:
—¿Ves, Pepe, esta colcha azul?
Pues seis duros me costó.

J. Iglesias

Aquí yace sepultada
la más parlera mujer,
que en su vida y parecer
tuvo la boca cerrada.
Y tanto fue lo que habló
que aunque ya más no ha de hablar,
nunca llegará el callar
adonde el hablar llegó.

***

—¿Me vende usted un limón?—
pregunté a una naranjera
—Tome usted—dijo—el que quiera.
—¿Hay alguno con pezón,
de esa clase...?—Ya lo entiendo—
contestó—, están entre ropa;
pero hacen daño a la tropa,
y por eso no los vendo.

A. G. Tejero

Al *dilettante* Amadeo
que no sabe sino aullar,
los jóvenes del lugar
han dado en llamarle "Orfeo".
    Y yo digo que al tal hombre
es hacerle mucho honor;
mas, si le quitan el "Or",
queda con su propio nombre.

M. Pastorfido

—¡Qué hielos de Lucifer!—
decía ayer don Mariano—.
Estoy temiendo que el grano
se me va a echar a perder.
    Seducir logró con arte
a todos el muy camueso,
y el tal grano era un divieso
que tenía en cierta parte.

J. M. Villergas

Dicen que ronca está Lucía
prima donna del teatro,
y en su casa más de cuatro
pasan la noche y el día.
    Si es bella, nadie lo extrañe,
porque el destino feroz
podrá quitarle la voz,
pero no quien la acompañe.

J. M. Villergas

Al corral salió Lucía,
y Lucía en el corral
echó al sol, como al sol mismo,
todo su parti-cular.

Desató su servidumbre,
concediendo libertad
a las aguas y a los vientos
por delante y por detrás,

con tal furia, que pudiera
cinco parvas aventar,
y apagar dos monumentos
de una vez con un soplar.

Salieron los elementos
de aquella cautividad,
como suele por agosto
temerosa tempestad.

Dos columnas la sustentan
siendo testigo o-cular
el contraste de los vientos,
de aquel testigo carnal.

Con fuerza le abrió el levante
la tarjea natural,
y el poniente hizo su oficio,
como en batalla naval.

Llamaba un fuerte aguacero
por la puerta principal,
y por el postigo falso
respondían: "Allá van".

Maltrató sabrosamente
sus carnes, mirando andar
las manos que eran de nieve,
entre pez, rosa y coral.

Al fin se rascó Lucía
tentando aquí y acullá,
desde el principio del mundo
hasta la posteridad.

Dio vuelta a la fuente roja
y recorrió su arrabal.
y acabó donde comienza
el pecado original.

Por la Gran Bretaña dio
noticia, aviso y señal,

de las cartas que le trajo
el correo mensual.
   Divertida con las aguas
que arroja el astro lunar,
descubrió los caracoles
en las orillas del mar.
   Le miró como al soslayo
toda la capacidad;
y de aquel tan bello monte
la falda se vio bajar.
   Se pegó la contentusa,
limpiando el cañaveral
de las gotas del rocío;
y se volvió a su telar.

LUIS DE GÓNGORA

   Empinando una botella,
Luisa a placer me miraba;
si yo los tragos doblaba,
doblaba las risas ella;
   mas de tanto risotar,
con el taburete Luisa
dio en el suelo; y yo, de risa,
también me tiré a rodar.

J. IGLESIAS

   Laura a dolor se provoca
de verse tan infecunda,
y a Nise, siempre fecunda,
con la barriga a la boca
vióla, y díjola.—Envidiar
es fuerza, suple el sentir,
o tus días de parir,
o tus noches de empreñar.

M. MORENO

Cierta madre inocentona
preguntábale a un doctor:
—¿Podéis decirme, señor,
lo que sufre mi Ramona?
Ello es que el vientre la crece:
no come y está tristona;
yo no sé lo que padece;
yo pienso que un airecillo...—
Y el médico:—No se aflija—
contestó—, que vuestra hija
lo que sufre es muy sencillo:
¿Sabéis lo que es? Un "descuidillo".

A. G. Tejero

Celia, de Antonio quedó
viuda, y dicen que bien puesta;
porque él, aunque deshonesta,
como honrado la dejó.
Pero quien más atinado
discurre en la institución,
dice fue restitución,
porque ella lo había ganado.

V. Martínez

Cierto truhán religioso
confesó a una muchacha,
muy alegre y vivaracha
y de semblante gracioso.
—Di el pecado y teme a Dios—
la dijo el padre fray Blas.
Y ella contestó:—No hay más
que aquellos que hice con vos.

A. G. Tejero

De cierto amigo en la casa
me puse a leer la *Gaceta,*
y por ser demás inquieta
me perturbaba Colasa.
    Díjela:—Repórtate,
y ten por un rato seso—.
Y exclamó ella :—¡Bueno es eso!
Otra vez yo no querré.

                                        J. IGLESIAS

Hablando de un libertino,
una señora decía:
—Tiene un humor peregrino ;
en fin, es joven del día.
    Otra dama, en su reproche,
dijo:—Por cierto es de humor;
pero dijerais mejor
que es un joven de la noche.

                                        ***

FIN

EL CRÍTICO Y EDITOR - JUAN BAUTISTA BERGUA

Juan Bautista Bergua nació en España en 1892. Ya desde joven sobresalió por su capacidad para el estudio y su determinación para el trabajo. A los 16 años empezó la universidad y obtuvo el título de abogado en tan sólo dos años. Fascinado por los idiomas, en especial los clásicos, latín y griego, llegó a convertirse en un célebre crítico literario, traductor de una gran colección de obras de la literatura clásica y en un especialista en filosofía y religiones del mundo. A lo largo de su extraordinaria vida tradujo por primera vez al español las más importantes obras de la antigüedad, además de ser autor de numerosos títulos propios.

SU LIBRERÍA, LA EDITORIAL Y LA "GENERACIÓN DEL 27"

Juan B. Bergua fundó la Librería-Editorial Bergua en 1927, luego Ediciones Ibéricas y Clásicos Bergua. Quiso que la lectura de España dejara de ser una afición elitista. Publicó títulos importantes a precios asequibles a todos, entre otros, los diálogos de Platón, las obras de Darwin, Sócrates, Pitágoras, Séneca, Descartes, Voltaire, Erasmo de Rotterdam, Nietzsche, Kant y los poemas épicos de La Ilíada, La Odisea y La Eneida. Se atrevió con colecciones de las grandes obras eróticas, filosóficas, políticas, y la literatura y poesía castellana. Su librería fue un epicentro cultural para los aficionados a literatura, y sus compañeros fueron conocidos autores y poetas como Valle-Inclán, Machado y los de la Generación del 27.

EL PARTIDO COMUNISTA LIBRE ESPAÑOL Y LAS AMENAZAS DE LA IZQUIERDA

Poco antes de la Guerra Civil Española, en los años 30, Juan B. Bergua publicó varios títulos sobre el comunismo. El éxito, mucho mayor de lo esperado, le llevó a fundar el Partido Comunista Libre Español que llegaría a tener mas de 12.000 afiliados, superando en número al Partido Comunista prosoviético oficial existente. Su carrera política no duró mucho después que estos últimos le amenazaran de muerte viéndose obligado a esconderse en Getafe.

LA CENSURA, QUEMA DE LIBROS Y SENTENCIA DE MUERTE DE LA DERECHA

Juan B. Bergua ofreció a la sociedad española la oportunidad de conocer otras culturas, la literatura universal y las religiones del mundo, algo peligrosamente progresivo durante esta época en España.

En el 1936 el ejército nacionalista de General Franco llegó hasta Getafe, donde Bergua tenía los almacenes de la editorial. Fue capturado, encarcelado y sentenciado a muerte por los Falangistas, la extrema derecha.

Mientras estuvo en la cárcel temiendo su fusilamiento, los falangistas quemaron miles de libros de sus almacenes por encontrarlos contradictorios a la Censura, todas las existencias de las colecciones de la Historia de Las Religiones y la Mitología Universal, los libros sagrados de los muertos de los Egipcios y Tibetanos, las traducciones de El Corán, El Avesta de Zoroastrismo, Los Vedas (hinduismo), las enseñanzas de Confucio y El Mito de Jesús de Georg Brandes, entre otros.

Aparte de los libros religiosos y políticos, los falangistas quemaron otras colecciones como Los Grandes Hitos Del Pensamiento. Ardieron 40.000 ejemplares de La Crítica de la Razón Pura de Kant, y miles de libros más de la filosofía y la literatura clásica universal. La pérdida de su negocio fue un golpe tremendo, el fin de tantos esfuerzos y el sustento para él y su familia...fue una gran pérdida también para el pueblo español.

PROTEGIDO POR GENERAL MOLA Y EXILIADO A FRANCIA

Cuando General Emilio Mola, jefe del Ejército del Norte nacionalista y gran amigo de Bergua, recibe el telegrama de su detención en Getafe intercede inmediatamente para evitar su fusilamiento. Le fue alternando en cárceles según el peligro en cada momento. No hay que olvidar que durante la guerra civil, los falangistas iban a buscar a los "rojos peligrosos" a las cárceles, o a sus casas, y los llevaban en camiones a las afueras de las ciudades para fusilarlos.

–El General y "El Rojo"–Su amistad venia de cuando Mola había sido Director General de Seguridad antes de la guerra civil. En 1931, tras la proclamación de la Segunda República, Mola se refugió durante casi tres meses en casa de Bergua y para solventar sus dificultades económicas Bergua publicó sus memorias. Mola fue encarcelado, pero en 1934 regresó al ejército nacionalista y en 1936 encabezó el golpe de estado contra la República que dio origen a la Guerra Civil Española. Mola fue nombrado jefe del Ejército del Norte de España, mientras Franco controlaba el Sur.

Tras la muerte de Mola en 1937, su coronel ayudante dio a Bergua un salvoconducto con el que pudo escapar a Francia. Allí siguió traduciendo y escribiendo sus libros y comentarios. En 1959, después de 22 años de exilio, el escritor regresó a España y a sus 65 años comenzó a publicar de nuevo hasta su fallecimiento en 1991. Juan Bautista Bergua llegó a su fin casi centenario.

Escritor, traductor y maestro de la literatura clásica, todas sus traducciones están acompañadas de extensas y exhaustivas anotaciones referentes a la obra original. Gracias a su dedicado esfuerzo y su cuidado en los detalles, nos sumerge con su prosa clara y su perspicaz sentido del humor en las grandes obras de la literatura universal con prólogos y notas fundamentales para su entendimiento y disfrute.

Cultura unde abiit, libertas nunquam redit.
Donde no hay cultura, la libertad no existe.

LA CRÍTICA LITERARIA

TODO SOBRE LITERATURA CLÁSICA, RELIGIÓN, MITOLOGÍA, POESÍA, FILOSOFÍA...

La Crítica Literaria es la librería y distribuidor oficial de Ediciones Ibéricas, Clásicos Bergua y la Librería-Editorial Bergua fundada en 1927 por Juan Bautista Bergua, crítico literario y célebre autor de una gran colección de obras de la literatura clásica.

Nuestra página web, LaCriticaLiteraria.com, es el portal al mundo de la literatura clásica, la religión, la mitología, la poesía y la filosofía. Ofrecemos al lector libros de calidad de las editoriales más competentes.

LEER LOS LIBROS GRATIS ONLINE
www.LaCriticaLiteraria.com

La Crítica Literaria no sólo está dedicada a la venta de libros nacional e internacional, también permite al lector la oportunidad de leer la colección de Ediciones Ibéricas gratis online, acceso gratuito a más que 100.000 páginas de estas obras literarias.

LaCriticaLiteraria.com ofrece al lector un importante fondo cultural y un mayor conocimiento de la literatura clásica universal con experto análisis y crítica. También permite leer y conocer nuestros libros antes de la adquisición, y tener la facilidad de compra online en forma de libros tradicionales y libros digitales (ebooks).

COLECCIÓN LA CRÍTICA LITERARIA

Nuestra nueva **"Colección La Crítica Literaria"** ofrece lo mejor de los clásicos y análisis de la literatura universal con traducciones, prólogos, resúmenes y anotaciones originales, fundamentales para el entendimiento de las obras más importantes de la antigüedad.

Disfrute de su experiencia con nosotros.

www.LaCriticaLiteraria.com

www.ingramcontent.com/pod-product-compliance
Lightning Source LLC
Chambersburg PA
CBHW030618130626
46552CB00002B/618